Ein roher Diamant

Ein Dank gehört der Autorin Haylo Karres, die mir ermöglichte, dieses Buch im Gefängnis zu schreiben und anschließend zu veröffentlichen.

Moi Boy

Ein roher Diamant

Knastgeschichten

Bibliografische Information der Deutschen Nationalbibliothek:
Die Deutsche Nationalbibliothek verzeichnet diese Publikation in der Deutschen Nationalbibliografie; detaillierte bibliografische Daten sind im Internet über http://dnb.dnb.de abrufbar.

© 2016 Haylo Karres, Moi Boy
Umschlaggestaltung, Herstellung und Verlag:
BoD – Books on Demand

ISBN: 978-3-7431-5510-7

Inhaltsverzeichnis

1. Canny — 7
2. Gefangenen-Gespräch — 13
3. Die Flucht — 22
4. Asyl — 30
5. Die Kindheit — 34
6. Die Pubertät — 42
7. Kriminalität — 46
8. Die Freundin — 51
9. Vivien — 60
10. Die Ehre — 66
11. Gefängnis — 75
12. Erinnerung — 81
13. Die Haft — 88
14. Hoffnung — 93

1
Canny

Irgendwann im 21. Jahrhundert gab es einen Jungen namens Canny, der sein ganzes Leben weggeworfen hat, um seinen Ruf bei seinen Jungs in seiner Hood nicht kaputtzumachen. Was er dabei vergessen hat, war, dass er seine Traumfrau und sein Kind in einer Welt ohne Zukunftsperspektive alleingelassen hat, als er ins Gefängnis musste. Es hatte alles ganz harmlos angefangen. Canny war ein Dealer aus einem Frankfurter Randbezirk. Früh fing er damit an, seinen Lebensunterhalt mit Drogen zu verdienen, weil seine ganzen älteren Freunde aus dieser Szene kamen. Bevor ich jedoch mit meinem Bericht über Canny fortfahre, muss ich noch erzählen, aus welchem Kulturkreis und Land Canny stammt, das ihn geprägt hat und so werden ließ, wie er war.Canny wurde in Eritrea geboren, das am Horn von Afrika liegt. Das Staatsgebiet grenzt im Osten ans Rote Meer, das Saudi-Arabien und Eritrea trennt. Im Westen liegt der Sudan und im Süden Äthiopien. Die Trockensavanne am Roten Meer ist heiß und trocken, wie ihr Name sagt. Dagegen fallen im Hochland des Landesinneren jährlich bis zu 600 Millimeter Regen, vor allem in den Monaten Juni bis September.

Die höchste Erhebung des Landes ist der Soira mit 3018 Metern, der südlich der Hauptstadt Asmara liegt. Der tiefste Punkt des Landes liegt in der Danakilsenke, mit 110 Metern unter dem Meeresspiegel.

Das Hochland von Eritrea war früher das Königreich Medri Bahri, wo der Baher Negash herrschte, und das Tiefland war 300 Jahre lang eine Kolonie der Osmanen.

1890 wurde Eritrea eine italienische Kolonie, die 1941 unter eine britische Verwaltung gelangte, und wurde im Jahre 1952 in einer Föderation mit dem damaligen Kaiserreich Abessinien verbunden, ehe es 1961 als eine Provinz des Äthiopischen Kaiserreichs von Haile Selassie eingegliedert wurde. Nach einem dreißigjährigen Unabhängigkeitskrieg von Äthiopien gelang dem Land 1993 seine Selbständigkeit. Seitdem herrscht der Präsident Isayas Afewerki in Eritrea, der aus der Befreiungsfront hervorgegangen ist. Eritrea besitzt keine offiziell festgelegte Amtssprache. De facto dienen vorwiegend die tigrinische und arabische Sprache als Verkehrssprachen, die englische Sprache als Arbeitssprache der Regierung und die italienische Sprache, die ein Erbe der Kolonialzeit ist, wird vor allem bei der Bevölkerung verstanden. Formal besteht eine Schulpflicht für Kinder von sieben bis 13 Jahren, dennoch besuchen nur um die 40 % eine Grund- und 21 % eine weiterführende Schule. Die Schulen sind schlecht ausgestattet und die durchschnittliche Klassenstärke liegt bei 63 Schülern in der Grundschule und 97 Schülern in den weiterführenden Schulen, dabei sind Mädchen deutlich benachteiligt. Der Anteil der Analphabeten im Lande liegt bei 30 %.Im Jahre 2002 waren noch fast 89 % der Frauen zwischen 15 und 49 Jahren von der weiblichen Genitalverstümmelung betroffen, wobei 2007 ein gesetzliches Verbot der Frauenbeschneidung in Kraft trat, das mäßig eingehalten wird. Was die Religion in Eritrea anbetrifft, so wurden im Jahre 2006 noch 60 % Muslime und 37 % Christen gezählt. Trotz der sehr unterschiedlichen Anschauungen und des daraus resultierenden Konfliktpotenzials bildet die Bevölkerung eine nationale Einheit. In den letzten Jahren kam es jedoch zur systematischen Verfolgung christlicher Minderheiten, weil diese nicht den ideologischen Paradigmen der Regierung entsprechen. Zwischen zwei- und dreitausend Menschen sollen momentan in dem kleinen Land Wehrdienst leisten. Teilweise bewachen sie die Grenzen zu Äthiopien, teils bauen sie Straßen oder arbeiten auf den Feldern der Generäle. Wobei es für viele von ihnen keine Verwendung im Militärdienst gibt, so werden diese dermaßen drangsaliert, dass die Angst vor dem Regime ihr Leben und das ihrer Familien bestimmt, sodass sie sich niemals dagegen auflehnen würden.

Wer protestiert, verschwindet für immer – wobei diese Unterdrückung auf den ersten Blick im öffentlichen Leben nicht sichtbar wird.

Die Straßen der Hauptstadt säumen italienische Kolonialbauten mit Palmen und Cafés. Es werden keine Journalisten verhaftet, da es sie einfach seit Jahren nicht mehr gibt.

Medien wie Twitter und Facebook werden von der eritreischen Regierung, im Gegensatz zur äthiopischen, nicht gesperrt.

Das ist auch nicht nötig, weil das Internet so langsam ist, dass es ohnehin nicht funktioniert. Und wer es wagt, den Diktator zu kritisieren, dem wird nicht öffentlich der Prozess gemacht, sondern der verschwindet einfach von einem Tag auf den anderen spurlos.

Von solchen willkürlichen Verhaftungen sind einige Unglückliche betroffen, vom Militärdienst hingegen jeder einzelne Eritreer. Dies ist auch der wichtigste Fluchtgrund der vielen Menschen aus diesem Land.

In einem UN-Bericht aus dem Jahre 2015 wird der Militärdienst als Versklavung auf unbestimmte Zeit beschrieben.

Männer und Frauen zwischen 18 und 50 Jahren können jederzeit eingezogen werden. So hat der Diktator die absolute Kontrolle über seine Bürger. Der offizielle Grund der Massenmobilisierung lautet: eine drohende äthiopische Invasion. Aus keinem anderen Land Afrikas fliehen so viele Menschen wie aus Eritrea. Der UN-Bericht aus dem Jahre 2015 über Eritrea liest sich wie ein Bericht aus der Hölle. Willkürliche Verhaftungen, Folter und Vergewaltigungen sind an der Tagesordnung. Menschen werden in Straflager, Erdlöcher und Schiffscontainer gesperrt. Ein 36-jähriger Eritreer erzählt, man habe ihn grundlos mehr als zweieinhalb Jahre in eine Zelle gesperrt, kaum größer als sein Körper, an Hand und Füßen gefesselt, bevor er fliehen konnte. „Sie fesseln dich, schlagen dir von beiden Seiten ins Gesicht, so dass es in deinen Ohren klingelt, du keine Luft mehr bekommst und vergisst, wo du bist."

2

GefangenenGespräch

"*Canny*", *fragte Frau Karres, "du willst also mein Angebot annehmen und hier im Gefängnis ein Buch über dein Leben schreiben. Ich kann mir vorstellen, dass es dir schwerfällt, dich an die Zeit zu erinnern, als du im Alter von zwei bis sieben Jahren in Eritrea lebtest."* „Ich kann es ja mal versuchen", antwortete Canny.
Beide saßen in der Bibliothek des Gefängnisses, die die Anstalt der ehrenamtlichen Mitarbeiterin Frau Karres zur Verfügung gestellt hatte, die ihrerseits dem jungen Gefangenen einen PC zur Verfügung gestellt hatte, damit dieser sein Leben aufschreiben konnte. Die Bibliothek lag im Keller der JVA, gleich neben den Einzelzellen, die genutzt wurden, um die straffälligen Jugendlichen bei einem Fehlverhalten zur Vernunft zu bringen.
„Kannst du mir erzählen", fragte Frau Karres weiter, „wie ihr in Eritrea gelebt habt,

bevor du mit acht Jahren nach Deutschland gekommen bist?" „Ich lebte mit meiner Mutter und einer älteren Schwester in einem Vorort der Hauptstadt Asmara namens Maytemeny.

Es war ein Teil einer Anlage mit mehreren Wohnungen, andere würden Hütten dazu sagen, die einen Innenhof umringten. Dort wohnten wir in einem der Häuser und mit uns, in einem anderen Haus, meine Onkel und Tanten mit meinen Cousinen und Cousins. In den Räumlichkeiten schliefen wir und im Innenhof lagen die gemeinsamen Toiletten, Waschgelegenheiten sowie auf einer Seite des Hofes eine Küche, in der abwechselnd von den Müttern für alle Anwesenden gekocht wurde.

Den Innenhof muss man sich so groß wie einen Fußballplatz vorstellen, um den sich die Lehmhäuser aneinanderreihten und damit eine natürliche Grenze zur Außenwelt schufen. Zusätzlich wurde die Anlage von einer Mauer geschützt, in der ein großes Tor mit einem schönen Muster die Menschen in der Anlage mit der Außenwelt verband." „Mit anderen Worten", stellte Frau Karres fest, „bot das Leben in dieser Anlage allen Bewohnern ein soziales Miteinander, eine Gemeinschaft für Menschen mit denselben Bedürfnissen, die sich gegenseitig halfen und durch die Mauer vor der Außenwelt geschützt wurden. War denn der Hof überdacht?" „Nein. Da wir ein gleichmäßig warmes Klima besaßen und es wenig regnete, war das nicht nötig." „Wer waren denn deine Eltern?", fragte Frau Karres interessiert. „Über meinen Vater weiß ich leider nicht viel, außer dass er ein erfolgreicher Geschäftsmann war, der viel reiste und meiner Mutter finanziell ein wenig unter die Arme griff. Meine geliebte Mutter kümmerte sich um uns Kinder sowie um den Haushalt. Manchmal ging sie ins Krankenhaus zum Arbeiten, um die Haushaltskasse aufzubessern." „Wie viele Geschwister seid ihr?" „Acht lebende Geschwister.

Eine Schwester verstarb, bevor ich sie kennenlernen konnte, da ich noch nicht auf der Welt war. Wir waren vier Mädels und fünf Buben, wobei nicht alle Geschwister die gleiche Mutter haben.

Meine drei ältesten Schwestern sind von derselben Mutter, aber von einem anderen Vater, und meine älteren Brüder sind vom selben Vater, aber einer anderen Mutter, und meine kleinen Geschwister sind vom

selben Vater und einer anderen Mutter. Somit hatte mein Vater drei Frauen." „Hat sich dein Vater denn immer scheiden lassen, wenn er sich eine neue Frau nahm?" „Nein. Mein Vater ließ sich nicht scheiden. Die Hochzeit wurde in unserer Kultur mit einem Handschlag der Eltern besiegelt. Eine Scheidung bedeutete, dass man Schande über die Familie bringen würde. Respekt spielt eine große Rolle in unserer Kultur. In unserem Kulturkreis kann ein Mann so viele Frauen haben, wie er ernähren kann." „Wie viele Frauen deines Vaters lebten denn zusammen?" „Meine Mutter war die erste Frau meines Vaters und die leibliche Mutter meiner älteren Brüder. Damals wohnte die Familie in einer schönen Ecke der Stadt, in einem schönen Haus, mit meinem Vater zusammen, in einem Vorort der Stadt Trawolo. In diesem Teil der Stadt lebten die reichen Eritreer und Ausländer. Um dort leben zu können, musste man wohlhabend sein.
Meine erste Mutter lebte mit meinen drei älteren Brüdern ganz alleine in diesem Haus, als mein Vater sich eine neue Frau nahm. Unser Haus war noch größer als das Haus und Grundstück, in dem ich später mit meiner Mutter und meinen Ver-

wandten zusammenleben sollte.

Bei meiner Geburt lebten meine Eltern in Saudi-Arabien, in der Stadt Jeida. Als ich ein Jahr alt wurde, brachte mein Vater meine Mutter und mich zurück in die Heimat nach Eritrea, in das Haus, in dem inzwischen meine beiden größeren Brüder lebten. Irgendwann zog dann eine zweite Frau meines Vaters auch dort ein, sodass sich die beiden Frauen den Haushalt teilen mussten." „Und vertrugen sich die Frauen deines Vaters, als sie zusammen in dieser großen Anlage lebten?" „Die zweite Frau meines Vaters, soweit ich mich erinnern kann, verstand sich am Anfang mit meiner Mutter nicht gut, erst als eine dritte Frau kam, verbündeten sich die beiden ersten Frauen gegen die Dritte. Die zweite Frau meines Vaters gebar auch einen Sohn und die dritte Frau blieb kinderlos.

Als kurze Zeit später durch die vielen Streitigkeiten zwischen den Frauen das Leben miteinander unerträglich wurde, verließ meine Mutter mit mir dieses Haus und wir zogen nach Maytemny, in einen Vorort von Asmara. Einmal fragte ich meine Mutter, was da passiert sei, dass wir dort ausgezogen wären. Da erzählte sie mir grob, dass alles auf ein Missverständnis zurückzuführen sei.

Als die vierte Frau dann kam, die auch kinderlos blieb, verstand sich die zweite Frau meines Vaters wieder mit meiner Mutter. Eigentlich vertrug sich meine Mutter mit allen gut, da es für sie das wichtigste war, dass es ihren Kindern gut ging, und daher steckte sie vieles ein, was unter die Gürtellinie ging!" „Wenn ein Mann so viele Frauen in eurem Land haben kann, wie sieht es denn mit der Erbschaft bei seinem Tod aus?", fragte Frau Karres, nachdem sie ihre Notizen überflogen hatte.

„Ich glaube, dass der älteste Sohn alles erben wird, weil der dann für die ganzen Familienmitglieder sorgen muss. Aber wissen tue ich es nicht genau." „Und wie ging es dann weiter mit den Frauen, die deinem Vater keine Kinder geschenkt hatten?" „Jede Frau, ob mit oder ohne Kind, wohnte zuerst in den Häusern mit dem großen Hof, in denen wir auch gewohnt hatten. Eine der Frauen meines Vaters lebte durchgehend in dem Haus in Trawolo. Die zweite Frau zog mit der Zeit wieder in ihr Dorf zurück und ihr Sohn, also mein drittältester Bruder, blieb bei der ersten

Frau meines Vaters, bei der auch meine zweitältesten Brüder lebten.

Als wir später dann auch dazukamen, lebte bereits die erste Frau meines Vaters dort sowie ihre leiblichen Kinder, meine zwei ältesten Brüder, und mein drittältester Bruder, von der zweiten Frau.

Als ich vier Jahre alt wurde, zogen wir, meine Mutter und ich, dann in eine eigene Bleibe nach Maytemny. Wobei das Haus meines Vaters eine Villa war und unsere neue Bleibe ein einfaches Haus wurde.

Und um ehrlich zu sein, fällt es mir heute schwer, darüber zu schreiben, da ich das alles jetzt erst realisiere." „Gut," erwiderte Frau Karres verständnisvoll, „dann machen wir das so, dass du nur antwortest, wenn meine Fragen für dich okay sind", und damit fragte sie Canny: „Verstanden sich denn die Kinder der diversen Frauen untereinander gut?" „Ja, eigentlich schon. Nur meine ältesten Brüder gingen manchmal nicht wie Brüder mit meinem drittältesten Bruder um. Aber ich weiß nicht, warum. Es kann natürlich auch aus Eifersucht gewesen sein. Auf jeden Fall herrschte im Haus meines Vaters eine kleine Hierarchie. Wobei ich als Kleinster verschont blieb und zum Glück meine

Mutter immer auf meiner Seite hatte. Heute weiß ich, dass ich ihr sehr vieles zu verdanken habe. Wobei ich persönlich nicht wahrhaben wollte, dass ich noch kleinere Geschwister hatte, die meine zwei ältesten Brüder mehr oder weniger verstoßen hatten und die ich daher erst kennenlernte, als sie drei und fünf Jahre alt wurden. Heute liebe ich diese meine Geschwister mehr als alles auf der Welt."
„Was bedeutete das, dass deine älteren Brüder die Halbgeschwister verstießen?"
„Zum Beispiel haben sie bei Familienfeiern diese Kinder nicht haben wollen."
„Welcher Altersunterschied bestand zwischen euch Kindern?" „Ich hatte vier Schwestern und vier Brüder. Als Erstes bekam meine Mutter eine Tochter, die ich leider nicht kennenlernen konnte, da sie in jungen Jahren – auf der Flucht, soweit ich weiß –, verstorben ist. Daher kenne ich sie nur von Bildern und Erzählungen. Ich hab es jedoch nie übers Herz gebracht, mein Mutter danach zu fragen, warum meine älteste Schwester sterben musste.
Als Zweites kam, von der Seite meiner Mutter her, meine zweite Schwester auf die Welt, die heute 43 Jahre alt ist und in Mailand zusammen mit ihren zwei Kindern

und ihrem Mann lebt. Diese zweitälteste Schwester habe ich erst mit 16 Jahren kennengelernt, da sie vor meiner Geburt die Reise nach Europa antrat.
Mein dritter und ältester Bruder, von meines Vaters Seite her (das sind Halbgeschwister, die mit einer anderen Frau gezeugt wurden), müsste nun 41 Jahre alt sein und lebt hier in Deutschland, Frankfurt, mit seinen Kindern und seiner Frau.
Beide Brüder kamen seinerzeit im Jahre 2003 mit mir nach Deutschland.
Als viertes Kind meiner Mutter kam also meine drittälteste Schwester, die heute 39 Jahre alt sein müsste und, wie meine zweitälteste Schwester auch, seit knapp acht bis zehn Jahren in Mailand lebt. Sie kehrten vor knapp 16 Jahren ihrer Heimat den Rücken und machten sich auf den Weg nach Europa. Diese meine Schwestern sind sehr tüchtig, denn alles, was sie erreicht haben, haben sie sich selbst erarbeitet. Selbst bei der Flucht nach Europa hat ihnen keiner geholfen.
Der fünfte Bruder kommt von meines Vaters Seite, ist mit mir nach Deutschland gekommen und lebt heute mit Frau und drei Kindern in London. Der müsste heute 37 Jahre alt sein. Der sechste Bruder

kommt von meines Vaters Seite, müsste 34 Jahre alt sein und hat die Heimat als Letzter verlassen. Der lebt heute mit seiner Frau und vier Kindern in Frankreich.
Als siebtes Kind komme dann ich, der 2003 mit acht Jahren nach Deutschland kam und nun in der JVA seine Strafe verbüßt und in der Familie als Problemkind gilt.
Als Letztes kommt dann unsere kleine Prinzessin, die nun acht Jahre alt sein müsste und mit ihrer Mutter und ihrem kleinen Bruder in Frankfurt lebt, wo sie die Schule besuchen. Auch diese Schwester und dieser Bruder besitzen eine andere Mutter als ich."

3

Die Flucht

Als Canny acht Jahre alt wurde, sorgte sein Vater dafür, dass er zu ihm nach Dubai gebracht wurde.
Dort angekommen, holten ihn seine Brüder, Eyob und Banuna, am Flughafen ab.

Er freute sich, seine zwei älteren Brüder nach so langer Zeit wiederzusehen, da diese bereits vor längerer Zeit aus Eritrea geflohen waren, um sich dem Wehrdienst zu entziehen. Dubai war selbst für so einen kleinen Knirps wie Canny mit seinen sieben Jahren eine beeindruckende Stadt, die ihm den Atem verschlug. Er staunte über die großen Gebäude, Handys, Aufzüge, Konsolen und Spielgeräte für Kinder, die er bisher in seinem kleinen Leben noch nie gesehen hatte. Das alles war so neu für ihn, dass er aus dem Staunen nicht herauskam.

Im Auto, auf dem Weg zu ihrem Vater, rief sein Bruder Eyob den Vater über sein Handy an, um ihm mitzuteilen, dass ihr Bruder Canny gut angekommen sei und gab danach Canny das Telefon, damit er seinen Vater begrüße. Canny, der das erste Mal ein Handy in seiner Hand hielt, beeindruckte das mehr, als seine Brüder ahnen konnten. Sein Bruder hielt ihm also das Handy ans Ohr und machte mit seiner linken Hand eine Bewegung, um seinem kleinen Bruder anzuzeigen, wo er hinein sprechen sollte, während beide Brüder ihren Spaß über die Unwissenheit ihres kleinen Bruders hatten und sich schieflachten. In einem Parkhaus angekommen, stiegen alle drei in ein anderes, schöneres Auto um, einem Audi, um mit dem weiterzufahren, heim, wo ihr Vater auf sie wartete. Nach einer kurzen Fahrt durch die Stadt parkten sie das Auto in einem anderen Parkhaus, durchquerten eine große Halle eines Hotels und begaben sich zu einem Aufzug, der sie in den sechsten Stock brachte, wo die Brüder mit ihrem Vater wohnten. Dort angekommen, nahm der Vater seinen kleinen Sohn in die Arme, was Canny ein bisschen verlegen machte, denn er kannte den Vater kaum. In den ersten Tagen verbrachten Canny und sein Vater viel Zeit miteinander, da der Vater seinen kleinen Sohn überallhin mitnahm, damit der sich an die Umgebung sowie an all das Ungewohnte und Neue gewöhnen konnte. Nach knapp zwei Wochen schien jedoch der Alltag seinen Vater wieder einzuholen, da er ab da, früh morgens so gegen acht Uhr fortging und erst am späten Nachmittag wieder erschien. Auch die beiden Brüder machten sich morgens auf den Weg, sodass Canny sich tagsüber selbst überlassen blieb. Eyob war ungefähr 23 und Banuna 21 Jahre alt, und sie gingen daher einer Arbeit nach. Canny, das Küken in der Familie, blieb alleine zurück und langweilte sich. Wenn er spielen wollte, ging er nach unten, wo neben dem Parkhaus ein kleiner Spielplatz lag, auf dem jedoch kein einziges Kind zu sehen war. Er vermisste seine Freunde aus der Heimat, wo an jeder Ecke Kinder Fußball oder Klicker spielten, und so beschlich ihn das Heimweh. Zusätzlich vermisste Canny seine Mutter, sodass er hoffte, irgendwann wieder zurück in seine alte Heimat kommen zu können. Dies jedoch den anderen mitzuteilen war unmöglich, denn das Wort seines Vaters war Gesetz. Einen Monat später hörte Canny, wie sein Vater über eine Hochzeit eines Familienmitglieds in Eritrea sprach.

Der Vater wendete sich an Canny und sagte: „Canny, da du zurzeit keine Schule hast, fliegst du mit nach Hause auf diese Hochzeit. Auch kann ich dich nicht, wenn wir jetzt alle zur Hochzeit fliegen, alleine hier in der Wohnung zurücklassen." Canny freute sich wie ein Schneekönig über diese Nachricht und konnte es fast nicht glauben, wie schnell sein Wunsch erhört worden war. Er fing an, Pläne zu schmieden, was er alles in seiner alten Heimat machen würde. Auf jeden Fall würde er nicht mehr von der Seite seiner Mutter weichen.

Eine Woche vor dem voraussichtlichen Abflug erhielt Canny die Zusage einer Schule, dass er dort aufgenommen werde, und so teilte ihm sein Vater mit: „Es tut mir leid, mein Sohn, aber die Schule geht vor. Du musst hierbleiben, bei deinen Brüdern und einer Hausdame."

Canny war so enttäuscht, dass in ihm Hass aufkam, den er jedoch nicht zeigen durfte und daher komplett in sich hineinfraß. Am ersten Schultag brachte ihn sein Vater in die Schule. Man steckte ihn in eine Schuluniform und stellte ihn seiner Klasse vor. Für Canny war das ein Albtraum, da er mit seinem Kopf bereits in der Heimat war. Da er jedoch seinen Vater nicht enttäuschen wollte, machte er sich jeden Tag brav auf den Schulweg, wo der Unterricht in arabischer, italienischer und englischer Sprache abgehalten wurde.

Komischerweise wurde er immer um 7.15 Uhr abgeholt und um 15.00 Uhr heimgefahren, was er nicht gewohnt war, da er in seiner Heimat immer zu Fuß zur Schule hatte laufen müssen.

Hier kam immer ein Mann mit einem Wagen und holte nur ihn ganz alleine ab.

Auch die Schultage waren anders als zu Hause in Eritrea, denn anstatt Samstag und Sonntag frei zu haben, waren es hier die Tage Donnerstag und Freitag. „Was soll man dazu sagen", dachte Canny.
Eines Tages flog also sein Vater zu der Hochzeit in die alte Heimat und tauchte nach zwei Wochen wieder auf.
Canny, der in dieser Zeit trauerte, dass er nicht hatte mitfahren dürfen, versuchte das Beste daraus zu machen, indem er sich mit Lernen ablenkte, um eine gewisse Unabhängigkeit zu erlangen, da er ohne diese Sprachkenntnisse nur in Begleitung der Brüder oder des Vaters das Gelände verlassen durfte. Im Nachhinein wundert sich Canny noch heute, dass sein Vater nie über seine Arbeit sprach und darüber, was er so mache. Jedenfalls bewunderte ihn der kleine Knirps, denn er war ein Macher und in der Lage, alle seine Kinder sowie Frauen zu ernähren und ihnen einen gewissen Wohlstand zu ermöglichen.
Schnell erlernte Canny die Sprachen, da er seinerzeit in der alten Heimat auch die italienische Schule besucht hatte. Nebenbei lernte er auch die englische Sprache schnell, da sein Vater das Kommando gab, zu Hause nur noch Englisch zu spre-

chen, was Canny zugutekommen sollte. Und da er zu Hause in Eritrea auch eine arabische Schule besucht hatte, war er bald in der Lage, sich in drei Sprachen zu verständigen.

Durch die Sprachen, die er nun beherrschte, konnte er sich in der Gegend frei bewegen, zumal ihm viel Aufmerksamkeit von Freunden der Familie zuteilwurde, da sein Vater von allen respektiert und geachtet wurde. Wobei Canny sich mit diesen Freunden oder Familienmitgliedern nicht so auskannte, man ihm jedoch auftrug, zu all diesen Menschen „Onkel" und „Tante" zu sagen. Nach knapp sechs Monaten besaß Canny unzählige Onkels und Tanten, die für Canny einen Jackpot bedeuteten, denn bei Geburtstagen oder Weihnachten erhielt er unzählige Geschenke, wenngleich das kein Ersatz für den Verlust seiner Heimat war. Die Geschenke machten ihn nicht so glücklich, als dass er seine Mutter nicht vermissen würde. So wuchs in ihm der Wunsch heran, schnell groß zu werden, damit er sein eigener Herr sein konnte. Nach sechs Monaten bemerkte Canny eine Veränderung in seiner Umgebung. Das Leben in Dubai wurde dem Vater zu kostspielig, denn die schönen Autos und tollen Klamotten, die sie einkauften, schienen am Geldbeutel des Vaters zu nagen. So beschloss der Vater eines Tages, dass die zwei älteren Brüder Eyob und Banuna nun weiterreisen sollten, und zwar nach Europa. Genauer gesagt sollten sie nach Deutschland einreisen, oder, wie sie es nannten, nach Germany.

4

Asyl

Die Abreise sollte in einem Monat stattfinden. Zwei Tage vor dem Abflug rief der Vater den kleinen Canny zu sich und eröffnete ihm: „Canny, mein Sohn, du kommst auch mit nach Germany. Du hast Schulferien und keiner ist hier, der auf dich aufpasst, und ich kann dich ja schwerlich hier alleinlassen. In einer Woche sind wir wieder zurück."

Diese Reise sollte Cannys Leben verändern, und so sagte er „ja, okay", denn welche Wahl blieb ihm auch mit seinen acht Jahren? Zwei Tage später ging es dann los nach Germany.

Nach sechzehn Stunden Flug kamen sie in Deutschland an und wurden von einem älteren Mann abgeholt.

Nun hatten die Brüder wieder einen neuen Onkel, der sie in einen Stadtteil Frankfurts brachte mit der Bezeichnung Bonames.

Für Canny wurden es wieder ein neues Land, eine neue Sprache sowie eine neue

Kultur. Wenigstens spielten auch hier die Kinder, wie in Eritrea, draußen. Er bekam eine Menge neuer Cousins und Cousinen, was ihn freute.

Zusätzlich bekam er etwas zu sehen, das er in seinem ganzen Leben noch nie gesehen hatte. Es war weiß und kalt und die Menschen nannten es Schnee.

Es fiel einfach vom Himmel und verwandelte die Erde in ein Eiscreme-Land, ohne Geschmack, sozusagen. Nach ein paar Tagen, als es wieder zurück nach Dubai gehen sollte, änderte der Vater jedoch seine Meinung und beschloss kurz vor dem Abflug, dass auch Canny mit den beiden anderen Brüdern in Deutschland bleiben sollte. Hier gebe es eine gute Schulbildung, hatten ihm seine Verwandten erzählt, es sei ein wohlhabendes Land, dass sich um seine Bürger kümmere und - das Allerwichtigste – es herrsche hier kein Krieg.

Danach ging alles sehr schnell, sodass Canny gar nicht begriff, was da vor sich ging. Auf der Fahrt zur Asylaufnahmebehörde erklärte man ihm, falls die Menschen dort Fragen an ihn stellen sollten - so beschworen ihn seine großen Brüder -, solle er auf keine Frage antworten und nur

seinen Namen nennen.
Bei der Behörde angekommen, mussten sie warten, bis sie aufgerufen wurden. Als sie ein Zimmer betraten, saß dort ein Mann an einem Schreibtisch, vor ihm ein PC-Gerät und neben ihm ein Landsmann von ihnen, der als Übersetzer die Kommunikation zwischen ihnen führen sollte. Nun fing der junge Mann am PC an, ihnen Fragen zu stellen und der Landsmann übersetzte: „Wie lautet Ihr Name und woher kommen Sie? Wie alt sind Sie und wie sind Sie hierhergekommen?" Diese Fragen wurden an Cannys Bruder gerichtet. Dann richtete der Beamte das Wort an Canny, mit den gleichen Fragen, und der antwortete: „Ich heiße Canny", und als der Beamte nach seinem Alter fragte, antwortete Canny wie abgesprochen: „Weiß ich nicht. Fragen Sie meinen Bruder." Eigentlich stimmte das auch. Denn Canny wusste nicht, wann er geboren worden war und wann er Geburtstag hatte.
Selbst die Brüder konnten darauf nicht antworten, denn sie kannten nur Bilder, auf denen Canny anscheinend seinen fünften Geburtstag gefeiert hatte, wobei auf dem Bild auch seine Brüder waren.
So schrieb der Mann am PC, dass Eyob

im Januar 2001 geboren worden wäre, Banuna im Januar 2002 und Canny im Januar 2003. Als der Beamte die Befragung beendete, wurden die Brüder getrennt.

Die zwei Älteren kamen in ein Asylantenheim nach Bad Homburg und Canny in ein Kinderheim nach Frankfurt-Höchst.

Im Kinderheim teilte sich Canny ein Zimmer mit einem Mitbewohner, der sich als Landsmann entpuppte. Mit der Zeit stellte Canny fest, dass er mit seinen neun Jahren der Jüngste in der Obhut der Einrichtung war und daher von allen anderen Kindern wie ein Bruder behandelt wurde. Die übrigen Heimbewohner waren alle zwischen 16 und 18 Jahren.

Das Heim hatte seine Kinder in zwei Gruppen eingeteilt: in eine rote und eine blaue Gruppe. In einem riesigen Raum wurde gegessen, wozu die Kinder durch ein Klingeln gerufen wurden.

Canny gewöhnte sich schnell an den Tagesablauf der Einrichtung. Nach dem Frühstück wurden die Kinder um 7.30 Uhr von einem Schulbus abgeholt und um 13.00 Uhr wieder in die Einrichtung zum Mittagessen zurückgebracht. In der Schule und im Heim wurde Deutsch gesprochen, sodass zu der italienischen, englischen und arabischen Sprache aus Dubai die nächste Sprache, Deutsch.

5

Die Kindheit

Nach einem Monat in dem Aufnahmelager für Kinder in Höchst wurde Canny nach Seligenstadt, in die Nähe von Hanau, in ein Kinderheim verlegt. Dort waren alle Kinder im gleichen Alter wie Canny. Es war ein deutsches Kinderheim, in dem die meisten Kinder deutscher Herkunft waren. An ausländischen Kindern lebten außer ihm nur noch zwei andere in der Einrichtung. Das Mädchen hieß Aminata, war mit 15 Jahren die Älteste unter ihnen und kam aus dem Kongo. Der Junge namens Farak stammte aus Pakistan und war zwölf Jahre alt. Aminata übernahm sofort die Rolle von Cannys großer Schwester, was Canny gefiel.
Da sich wenige ausländische Kinder im Heim befanden und Farak und Aminata

nicht aus dem arabischen Raum stammten, erlernte Canny schnell die deutsche Sprache.
Am Anfang versuchte er sich in der englischen Sprache zu verständigen, was nicht immer gelang, weshalb er nach knapp fünf Monaten bereits die deutsche Sprache beherrschte.
Als erstes lernte er, „danke" und „bitte" zu sagen, dann folgten „Wie geht's dir?" und Schimpfwörter. Das Wort „selber" gehörte auch dazu, da das Wort auch in der arabischen Sprache vorkommt, sodass er bei der Frage, wie es ihm gehe, „selber" antwortete und er auch, wenn ihn jemand beleidigte, mit „selber" antwortete, was bestens passte. So kam es auch vor, dass, wenn sich jemand bei ihm vorstellte und fragte „Wie geht's Ihnen?" und er antwortete „selber", Lacher angesagt waren, und ebenso, wenn er bei dem Wort „Arschloch" mit „selber" antwortete, was schon besser passte.
Das Kinderheim sollte für etliche Jahre Cannys Zuhause werden. Seligenstadt war eine kleine, aber feine Stadt in der Nähe von Hanau. Damals lebten wenige Ausländer in dieser Gegend, und auch Canny sollte für lange Zeit der einzige

Farbige in seiner Klasse bleiben. Die wenigen Ausländer in der Umgebung kamen aus der Türkei und besaßen eine weiße Hautfarbe.

In diesem Kinderheim lebten etwa zehn Kinder zwischen neun und 16 Jahren, wobei die meisten unter 14 waren und von fünf Betreuern betreut wurden, die sich im 24-Stunden-Takt abwechselten.

Canny, der Jüngste von ihnen, teilte sich ein großes Zimmer mit einem Mitbewohner namens Marcel. Beide Kinder verstanden sich auf Anhieb gut, sodass sie sich auch schnell anfreundeten. Marcel war neun Jahre alt, lustig, sympathisch und ein bisschen anstrengend mit seinen Aktivitäten. Beide besuchten die zweite Klasse in der Miriam-Grundschule.

Nach einem Monat wurde auch Canny eingeschult, und zwar in die gleiche zweite Klasse, in der Marcel saß, was jedoch nicht von Dauer sein sollte, da Canny in seinen Leistungen weiter war als Marcel. Zwar hatte er seine Probleme mit der deutschen Grammatik, ansonsten war er aber in allen anderen Fächern stärker als der Klassendurchschnitt. Besonders in Sport und Mathematik hob er sich von den übrigen Schülern ab, sodass man ihn

nach einer Weile in die dritte Klasse versetzte. Die beiden Jungen waren traurig, als man sie trennte, wobei sie einander in den Pausen suchten und zusammen den Schulweg zurücklegten.
Das Schuljahr der dritten Klasse endete für Canny nach sechs Monaten. Dabei fiel die Bewertung für ihn viel günstiger aus, als er gedacht hatte, da man nur die sechs Monate seiner Anwesenheit berücksichtigt hatte.
Nun kam er in die vierte Klasse und gewann auch dort schnell Freunde, wobei ihn nicht nur seine Klassenkameraden mochten, sondern auch deren Eltern. Als einziger Farbiger in seiner Schule war er etwas Besonderes.
Mit der Zeit holte er zahlreiche Sportauszeichnungen für seine Schule und sein Schicksal, das sich in der kleinen Stadt Seligenstadt herumgesprochen hatte, hob ihn von den anderen ab.
Die Eltern der anderen Schüler waren angetan von diesem talentierten Jungen und luden ihn oft zu sich nach Hause ein. Aminata betrachtete ihn weiter als ihren kleinen Bruder.
Alles lief hervorragend. Er besuchte eine Schule, besaß Freunde, trieb Sport und

fühlte sich in der neuen Welt angekommen. Bei Geburtstagen luden ihn die Klassenkameraden nach Hause ein, worüber er sich jedes Mal freute, und zu Anfang jedes Jahres feierte er seinen eigenen Geburtstag. Das erste Mal feierte er mit knapp zehn Mitschülern, die er in sein Heim einladen durfte. Es gab Kuchen, Kakao und Kindersekt. Für Canny war das neu, er war überwältigt, sodass er sich noch als Erwachsener an diesen Geburtstag würde erinnern können.

In der vierten Klasse gewann er einen sehr guten Freund. Er hieß Dominik und war ein Einzelkind, das in einem gepflegten Haushalt lebte.

Seine Mutter stammte aus Indien und sein Vater war Deutscher. Beide Kinder spielten täglich miteinander, machten die Hausaufgaben zusammen und waren wie Brüder zueinander. Canny durfte bei dieser Familie „rein wie raus" und wurde mit der Zeit ein Familienmitglied.

Dominik hatte ein schönes Leben. Seine Eltern waren erfolgreich, besaßen ein schönes Einfamilienhaus und die Mutter war musikalisch, sodass man dort Hausmusik machte.

Als das vierte Schuljahr zu Ende ging, ver-

lor Canny alle seine Freunde, da diese nach der vierten Klasse auf ein Gymnasium versetzt wurden und er, wegen seiner Deutschnoten, die immer noch nicht so waren, dass man damit aufs Gymnasium gehen konnte, auf eine Gesamtschule wechseln musste.
Nun hieß es sich wieder an eine neue Umgebung anpassen, neue Freunde suchen, so wie es immer gewesen war.
Was ihm dieses Mal half, waren Aminata, die auch diese Schule besuchte, sowie seine sportliche Begabung, und als Aminatas kleiner Bruder wurde er automatisch in den Schulkreis aufgenommen und respektiert.
Canny merkte schnell, dass es in dieser Schule anders zuging als in allen anderen Schulen, die er bisher besucht hatte.
Alles war lockerer.
Die Lehrer kontrollierten nicht, was man machte, ob man schwänzte oder zu spät kam. Es wehte hier ein anderer Wind. Die Mitschüler ließen sich nix sagen und die Lehrer passten nicht auf die Schüler auf.
Canny verstand das nicht. In seinem Heimatland wurde man für all das bestraft. Entweder mit dem Stock auf die Hand oder einem Kugelschreiber zwischen den

Fingern, die der Lehrer dann zusammendrückte, oder in die Hocke gehen und mit den Armen durch die Beine nach den Ohren greifen. Oder, wie im schlimmsten Fall, die Hose hochkrempeln bis über die Knie und dann auf den Kieselsteinen mit den Knien laufen, oder manchmal auch einfach auf der Stelle auf den Steinen knien.

Zusätzlich waren seine Leistungen in dieser Schule nicht wichtig. So war nicht cool, wer gute Noten schrieb oder eine Auszeichnung beim Sport gewann, sondern wer die neueste Kleidung trug und von welcher Marke diese Kleider stammten, sowie wer das neueste Handy besaß. Das war dort cool.

Für Canny, der aus dem Heim kam, bedeutete das, dass er auch schöne Kleidung und ein Handy brauchte, um sich der neuen Umgebung anzupassen.

Daher fing Canny an, sein Taschengeld zu sparen, das 21,50 DM im Monat betrug. Er gab es nicht aus und sparte und sparte, bis er feststellte, dass er komischerweise schon alles besaß, was er brauchte. Vom Staat erhielt er Kleidung, Schulzeug und ein Fahrrad. Alles, was er noch benötigte, wie Bildung, erhielt er auch vom Staat, nur keine Markenwaren.

Mit der Zeit konzentrierte sich Canny auf den Sport. Leichtathletik fiel ihm leicht, besonderes im Langstreckenlauf konnte er mit den Älteren mithalten. Was Canny fehlte, war ein großer Bruder oder jemand, der ihn auf seinem Weg unterstützte, ihm einen Rückhalt gab, obwohl er unzählige Auszeichnungen gewann.

So suchte Canny sich etwas Neues und fing an Fußball zu spielen, in der Hoffnung, in einer Mannschaft diesen großen Bruder zu finden.

Der Verein TuS Froschhausen, im Nachbarort von Seligenstadt, schien ihm das Richtige zu sein.

Canny gehörte bald zu den guten Spielern der Mannschaft. Er wurde für jedes Spiel aufgestellt, auch wenn er einmal sein Training versäumen sollte. Auch hier gewann er schnell Freunde und am Fußball hatte er viel Freude. Man teilte ihn bei jedem Spiel ein, obwohl er es komisch fand, da er keine Eltern besaß, die ihn zu den Turnieren fuhren wie die Eltern seiner Mannschaftskameraden, die sich bei den Fahrten abwechselten, so war er doch immer und überall herzlich willkommen.

Mit der Zeit testete Canny sein Können, indem er in diversen Mannschaften trainierte, wobei es aber ihm nicht gelang, sich hochzuarbeiten. Er war nicht schnell genug im Sprinten. Er besaß zwar eine Super-Ballbeherrschung und Kondition, seine Schwäche lag jedoch im Kurzstreckenlauf, was ihn nicht hinderte, es immer wieder zu versuchen.

6
Die Pubertät

Irgendwann kam Canny in die Pubertät und fing damit an, auf sein Aussehen zu achten. Er fand sich nicht hässlich und war sportlich. Was ihm fehlte, waren die finanziellen Mittel, um sich entsprechend einzukleiden. Da besaßen seine Mitschüler ganz andere Möglichkeiten. Und so kaufte er sich billige Jeans und machte selber was daraus, indem er Tuben mit Farben kaufte, um die Hosen zu bemalen. In der Schule fanden seine Hosen großen Anklang und alle meinten, diese wären cool, sodass mit der Zeit einige Schüler mit den gleichen bemalten Hosen herumliefen. Nichtsdestotrotz wurde die Pubertät für Canny ein Problem. Seine Freunde besaßen irgendwann nicht nur bessere Kleider als er, sondern fuhren auch einen Roller, den er sich nicht leisten konnte.

So lieh er sich von seinen Freunden Geld, um auch einen Roller fahren zu können, obwohl er keinen Lappen besaß.

Mit diesem Roller fuhr er dann in der Gegend herum wie seine Freunde auch, was ihm einen Heidenspaß machte und damit sein schlechtes Gewissen verstummen ließ, sich diesen Spaß illegal verschafft zu haben. Mit der Zeit wurde er immer dreister, sodass er selbst ungeniert an Streifenwagen vorbeifuhr.

Damit rutschte Canny langsam in die Kriminalität ab.

Er fing an sich zu schlagen und ließ sich nix mehr gefallen. Besonders empfindlich reagierte er, wenn das Wort „Hurensohn" fiel, da sah er rot.

Es folgte ein Schulverweis und so ging es mit Canny bergab, ohne dass er es richtig wahrnahm.

Danach erschienen die ersten Anzeigen wegen Körperverletzung, was er vor den Betreuern im Heim zu verbergen suchte, indem er jeden Tag den Briefkasten im Heim kontrollierte, ob irgendwelche Post von der Polizei eingetroffen sei.

Eines schönen Tages jedoch verschlief er diese Kontrolle und wurde prompt darauf beim Mittagsessen von der Heimleitung beschieden, er solle sich im Büro zu einer Aussprache melden. Auf dem Weg ins Büro erschien plötzlich sein älterer Bruder Eyob, den die Heimleitung anscheinend zu der Aussprache dazu gebeten hatte. Im Büro warteten seine Betreuer auf ihn, die bei dem Gespräch eindringlich auf ihn einredeten, dass sein Tun ihn in den Abgrund führen würde.

Canny versprach sich zu bessern und fürchtete sich bereits vor dem Ende der Aussprache, da er wusste, was danach folgen würde. Sein Bruder Eyob würde ihn sich zur Brust nehmen und ihn anschließend, wie es in ihrem Land so üblich war, wenn man etwas falsch machte, ohrfeigen.

Ab demselben Tag machte sich Canny einen Kopf und beschloss, dass es nicht so weitergehen könne und es bestimmt nicht cool sei, die teuersten Handys oder Markenkleidung zu besitzen.

Er fing wieder an, sich auf die Schule zu konzentrieren und sich Mühe zu geben, was auch funktionierte, sodass man ihn nach dem Abschluss der Klasse sogar im

Nachbarort an einer Schule einschulte, bei der man die Chance erhielt festzustellen, ob man sich für die Realschule oder nur für die Hauptschule eigne. Da Canny als Legastheniker eingestuft worden war, bemühte er sich, Nachhilfestunden zu erhalten, was auch funktionierte. Am Ende des Schuljahres erhielt er die Mitteilung, man halte ihn für geeignet, die Realschule zu besuchen. Mit der Zeit vermisste Canny seine Mutter immer mehr, was er keinem zeigte, um nicht als Muttersöhnchen verspottet zu werde. Bei solchen Gelegenheiten schlug er immer gleich zu, wobei seine schwarze Haut die Situationen verschlimmerte.

Als er irgendwann wieder verspottet wurde, schlug er wieder zu und flog prompt von der Schule, für die er sich so viel Mühe gegeben hatte, und da Canny noch schulpflichtig war, musste er zur Hauptschule wechseln und so wurde seine Hauptschule wieder seine alte Gesamtschule.

Für Canny brach eine Welt zusammen. Wofür hatte er denn so viel gelernt und an Kursen teilgenommen? Das alles sollte also umsonst gewesen sein?

7

Kriminalität

Ab da ging es wieder abwärts mit ihm. Er fing wieder an, die Schule zu schwänzen. Um an Geld zu kommen, verkaufte er seine alten Sachen, bis er nur noch seinen Fußball besaß. Um an weiteres Geld zu kommen, fing er an zu dealen. Damit besaß er plötzlich eine Menge Geld und konnte sich wieder alles leisten, was sein Herz begehrte.
Auf einmal stellte er fest, dass viele Menschen seine Nähe suchten, was ihn verwunderte, sodass er anfing, sich zu fragen, was diese Menschen eigentlich von ihm wollten. Er fand jedoch keine Antwort darauf, weil seine Hauptgedanken darauf fixiert waren, nur noch mehr Geld zu machen. Dabei kam ihm der Spruch in den Sinn, dass, wenn sich eine Türe schließe, sich doch eine andere Türe öffnen müsse, und er hoffte, mit diesem Spruch seine Fragen beantwortet zu haben.
Mit der Zeit konnte sich Canny schöne

Kleidung, neue Handys, einen eigenen Roller und noch viel mehr leisten.

Mit 14 Jahren dealte er bereits in Bars und wurde von den Älteren respektiert, so meinte er jedenfalls. Dabei nutzten diese Älteren Canny nur aus, da sie mitbekommen hatten, dass ihm die Ehre viel wert war. Auch hatten sie mitbekommen, dass er sein Wort immer halten musste, egal, ob er bei einem Geschäft Minus machte. Sein Wort war für ihn wie ein Siegel. Damit besaß er eine gewisse Beliebtheit, da man erfahren hatte, dass man sich auf ihn verlassen konnte. Dieses Vertrauen verschaffte ihm mit der Zeit einen Vorteil, da man ihm beim Einkauf einen guten Preis machen konnte mit der Sicherheit, kein Risiko einzugehen, wenn man ihm die Ware anvertraute.

Der Durchbruch zu seinem Untergang erfolgte, als ein Älterer ihm ein Handy, das 399 Euro kostete, für 200 Euro verkaufte. Den Sonderpreis erhalte Canny nur, meinte der Verkäufer, weil dieses Telefon von der Polizei im Auto eines Älteren gefunden worden sei und seitdem von ihr kontrolliert werde.

Daraufhin wurde Canny misstrauisch, denn wenn es so gewesen wäre, müsste der letzte Besitzer dafür geradestehen, was mit diesem Handy geschähe. Für Canny ging es bei diesem Geschäft nicht mehr ums Geld, sondern darum, zu überprüfen, ob sein Gegenüber ein Ehrenmann sei. Sollte sich herausstellen, dass man ihn betrügen wolle, würde er nie wieder Geschäfte mit ihm machen.

Damals war Canny 14 Jahre alt, die Älteren zwischen 17 und 21 und der, der das Handy an Canny übergeben hatte, war 20 Jahre alt und verdiente bereits so gut, dass er als Einziger ein eigenes Auto besaß. Auch wenn es ein Firmenwagen war, konnte er es doch 24 Stunden am Tag benutzen.

Eines Tages erhielt Canny einen Anruf eines älteren Freundes, der ihm einen Gefallen schuldig war und ihm mitteilte: „Hier steht das Auto von dem, der dich seinerzeit beschissen hat."

Canny glaubte seinem alten Freund und machte sich auf den Weg. Er schlug die Scheiben des Wagens ein und nahm alles mit, was er im Auto fand (ein Navi, ein I-Pad sowie eine Geldbörse). Für Canny bedeutete das, seinen inneren Frieden als Genugtuung zu finden und Gerechtigkeit für einen Betrug walten zu lassen.

Am selben Tag noch erhielt er einen Anruf von den älteren Jungen, ob er wisse, wer das getan habe und ob er was damit zu tun habe. „Nein", antwortete Canny, „was ist denn überhaupt passiert?" Da erzählten ihm die Jungen alles und er antwortete: „Das nenne ich Karma, so hat er für seinen Betrug an mir seine Strafe bekommen. Ich aber habe damit nix zu tun!"

Später gab Canny das Navi seinem älteren Bruder, das I-Pad verkaufte er für 150 Euro und in der Geldbörse fand er 55 Euro, die er behielt. So hatte er den Schaden des Betruges ausgeglichen und konnte zudem einen Gewinn von fünf Euro machen.

Sein Geschäft lief gut. Im Keller des Heimes besaß er einen Raum, in dem er Geländefahrräder lagerte, die er günstig würde verkaufen können, wenn er diese neu lackierte und die Nummern aushebelte.

Dies Geschäft mochte er jedoch nicht, denn seine Stärke waren das Reden sowie sein Auftreten, eben eine Respektsperson zu sein. So waren die Handys seine Schätze, die er in einer Riesenanlage versteckte, in der er bereits sechs bis acht Handys lagerte sowie eine bis zwei Kameras. Für ihn war das wie Goldbarren.

Eines Tages brachte Canny ein exklusives Mountainbike für 320 Euro an den Mann und bekam darauf zwei, drei Tage später Besuch von der Polizei. Ein Passant hatte das Fahrrad als sein gestohlenes identifiziert. Daraufhin kontrollierte die Polizei sein Zimmer, fand aber nix, obwohl sie das ganze Zimmer auf den Kopf stellten, da Canny ja seine Schätze in seiner Stereoanlage versteckt hatte. Die Polizei durchsuchte seinen Schrank, machte jeden Karton auf, vergaß aber, in seine Anlage zu gucken und brachte damit Canny zum Lachen, was im Nachhinein dumm von ihm war. Er freute sich einfach zu früh, denn mit der Zeit fragte die Polizei die Betreuer, wo Canny noch Zutritt besaß. Damit nahmen sie noch das Wohnzimmer und die Küche auseinander und fanden noch immer nichts. Anschließend gingen sie in den Keller, wo sie die Sprühfarben fanden. Darauf riefen sie alle Heimbewohner zusammen und befragten diese, wem was gehöre – worauf Canny sich meldete und alles zugab und sich anschließend bei den Mitbewohnern und seinen Betreuern entschuldigte. Und nachdem sich Canny kooperativ gezeigt hatte, wurde er nur ermahnt, wobei er den

Schaden noch erstatten musste. Mit seinen Betreuern vereinbarten sie eine Ratenzahlung von 50 Euro pro Monat mit einer Länge von 13 Monaten, bis Canny seine 650 Euro abgezahlt hätte.

8
Die Freundin

Eines Tages trafen sich Canny und seine Jungs im Park zum Vorglühen, wonach sie in die Disco wollten, um dort den Geburtstag eines Freundes zu feiern. In der Zwischenzeit besaß Canny eine eigene Wohnung.
An diesem Tag war Canny bestens aufgelegt und spendabel. Er kaufte für die Jungs den Alkohol und nahm noch 20 Gramm zum Rauchen mit.
Im Laufe des Abends tranken die Jungs zwei Flaschen Hennessy, eine Flasche „Jacky" und eine Flasche „Voddi". Leicht angetrunken bemerkte Canny ein Mädchen mit High Heels, die auf einer Bank in

etwa 20 Meter Entfernung mit einer anderen Freundin saß und ihn beobachtete. Seine Aufmerksamkeit wurde geweckt, da sie ihn die ganze Zeit anlächelte.

Da ihm das Mädchen gefiel, hätte er jetzt aufstehen müssen, um zu ihr zu gehen – da er jedoch von Natur aus schüchtern war, was das andere Geschlecht anbetraf, bat er einen seiner Freunde namens Serda in seinem Namen zu ihr zu gehen, denn wäre er persönlich zu ihr gegangen und hätte dabei eine Abfuhr erlitten, hätte er kalte Füße vor seinen Freunden bekommen. Sein Freund hatte nichts dagegen, ihm diesen Wunsch zu erfüllen, nahm jedoch bei diesem Gang einen anderen Freund zur Unterstützung mit und so steuerten die beiden auf die beiden Mädchen zu. Dort angelangt, bequatschten sie die Mädchen ein paar Minuten, kamen dann lächelnd zurück und teilten Canny mit, dass sie den Mädchen seine Telefonnummer gegeben hätten und im Gegenzug auch ihre erhalten hätten. Diese Nachricht steigerte Cannys gute Laune so, dass die Nacht für ihn noch besser verlief als erwartet.

Sie tranken so lange weiter, bis sie völlig betrunken waren und machten sich da-

nach auf den Weg in die Disco.
Dort angekommen versuchte Canny den ganzen Abend dieses Mädchen telefonisch zu erreichen, bis er feststellen musste, dass das Mädchen seinem Freund eine falsche Nummer gegeben hatte.
Am nächsten Tag wachte Canny so gegen 14.00 Uhr mit einem fürchterlichen Kater auf.
Als Erstes trank er einen Kaffee und rauchte danach mit Genuss eine Zigarette. Als er sein Handy in die Hand nahm, stellte er fest, dass er eine Nachricht von einer ihm unbekannten Nummer erhalten hatte. Die Nachricht kam von einer Frau namens Vivien, die er nicht kannte, und so zerbrach er sich den Kopf, wer bloß diese Vivien sei.
„Hey, hier ist Vivien von gestern Abend", stand auf seinem Display, „hättest du vielleicht Lust, heute mit mir einen Kaffee trinken zu gehen?", lautete die Nachricht. Da Canny mit der Nachricht nichts anfangen konnte, schrieb er zurück:
„Wer bist du?" Da diese Vivien sofort antwortete, kamen sie ins Gespräch, und als Canny auf ihr „WhatsApp"-Bild klickte, sah er das hübsche Mädchen von gestern Abend und damit hob sich der Schleier

von seinem alkoholumnebelten Kopf.
Am Nachmittag trafen sich die beiden in einer Bar namens „Café Sonnenschein".
Sie amüsierten sich prächtig und Canny fing an, sich in Vivien zu vergucken. Sie war genau sein Typ.
Eines Tages erzählte ein Freund von Canny, der inzwischen mit einer Freundin von Vivien ging, dass Vivien, die inzwischen ein besonderer Mensch für Canny geworden war, in ein paar Tagen Geburtstag habe.
Diesen Tag wollte Canny nicht verpassen und ließ sich etwas Besonderes einfallen. Ein Geschenk zu ihrem 22. Geburtstag, das sie niemals vergessen würde, sollte es werden. So beschloss er, es ihr an diesem Tag an nichts fehlen zu lassen. Er passte in den darauffolgenden Tagen auf, was sie erzählte, damit er ihr alle Wünsche von den Augen ablesen konnte. Selbst über die Freundinnen von Vivien versuchte er herauszufinden, was sie sich wünschten könnte. Er erfuhr, dass das Geburtstagskind sich über ein spezielles Make-Up freuen würde, das er später mit Hilfe der Freundin auch besorgte.
Der Geburtstag fiel auf einen Sonntag und er besprach mit ihr, wie sie den Tag ver-

bringen wolle und worauf sie Lust habe. So erfuhr er, dass sie einmal etwas trinken gehen und eventuell auch feiern wolle. Beide einigten sich auf den Samstag, der der Tag vor ihrem Geburtstag war, um anschließend in den Geburtstag hineinfeiern zu können. Heimlich plante Canny, als Überraschung in einer Shisha-Bar zu feiern, und zwar von 21.00 bis 0.30 Uhr, damit sie Vivien um 0.00 Uhr gratulieren konnten, um danach noch ein bisschen weiter zu feiern und anschließend noch einen Club in Frankfurt besuchen zu können.

Als Canny ihr seinen Plan vorstellte, meinte sie: „Das hört sich gut an." Damit war dann für Canny alles klar, sodass er in einer befreundeten Darmstädter Shisha-Bar einen Tisch für zehn bis 15 Personen reservierte, da sie auch ihre Freundinnen eingeladen hatte. Anschließend kaufte er das Make-Up für sie und reservierte eine Limousine für die Fahrt vom Club nach Frankfurt. Finanziell gab es für ihn keine Grenzen, was Vivien anbetraf, Hauptsache, das Geburtstagskind war glücklich und zufrieden.

In der Bar bestellte er noch zwei Flaschen Wodka und mehrere Mischgetränke sowie zehn Shishas und eine Moe, und um Mitternacht sollte es Champagner geben. Zum Schluss zahlte Canny im Voraus, da er keinen Bock auf das Feilschen und Herumgerede danach hatte.

Nachdem sein Mädchen alle ihre Freundinnen eingeladen hatte, war es für Canny auch okay, dass die Mädels unter sich feiern wollten, wobei Vivien noch wünschte, auch ihren Bruder und ihn selbst dabei zu haben.

Das Geburtstagskind und ihre Freundinnen trafen sich also um 21.00 Uhr im reservierten Lokal. Die Bar war geschmückt und auf dem Tisch warteten die Getränke auf die Gäste.

Von einem Freund lieh sich Canny ein Auto und begab sich um 23.15 Uhr wie verabredet in die Bar, um ihr im Club zu gratulieren.

Als er eintraf, waren alle gut drauf, wobei Canny feststellen musste, dass er der einzige Junge in der Runde war. So fragte er übers Handy Viviens Bruder, wo er bleibe. Fünfzehn Minuten später war der dann auch da.

Inzwischen war es Mitternacht geworden, sodass Canny mit seinem Geschenk das Geburtstagskind überraschen konnte, was ihm auch gelang, da man Vivien ihre Fassungslosigkeit ansah. Danach ließen sie mit Sekt das Geburtstagskind hochleben.

Inzwischen war auch die Limousine vorgefahren, was das Geburtstagskind noch mehr ins Staunen brachte. Somit hatten tatsächlich alle, die davon gewusst hatten, dichtgehalten und nichts von dieser Überraschung verraten.

Canny bat also den Bruder, er möge seine Schwester um 12.30 Uhr vor die Tür bringen, wo die Limousine auf den Gast wartete. Vorher bezahlte Canny dem Limousinenbesitzer den ausgemachten Betrag und bat ihn, die Gäste, die nun kommen würden, noch ein bisschen in der Gegend herumzufahren, bevor er sie in Frankfurt im Club Adlib absetzen würde.

Der Bruder war baff, was Canny alles für seine Schwester tat, und bemerkte an Canny gewandt: „Du bist verrückt, trotzdem habe ich dich gern."

„Deine Schwester ist mir das wert", stellte Canny fest. Als dann alle Mädels herauskamen, schien auch diese Überraschung gelungen und so stiegen diese staunend in die Limousine, wobei Canny mit dem Bruder im eigenen Auto ins Adlib vorausfuhren.

Als Canny und der Bruder vor dem Club ankamen, warteten in einer Riesen-Schlange bereits viele Besucher, die ins Lokal wollten, so wie Canny das befürchtet hatte. Daher bat Canny einen Türsteher, der sein Freund war, dass er, wenn gleich eine Limousine käme, die Frauen darin bitte direkt hereinlassen solle.

Im Laufe des Abends war es Canny klar, dass er sich nicht gehenlassen durfte, denn er meinte, auf diese große, alkoholisierte Gruppe aufpassen zu müssen. Er trommelte alle zusammen, besorgte einen Tisch und holte an der Theke eine Flasche Wodka.

Es wurde gelacht und getanzt, sodass Canny meinte, eine gelungene Geburtstagsparty für das Geburtstagskind organisiert zu haben und noch ein paar Extras dazu.

Am nächsten Tag verabredeten sie sich zur nächsten Feier, die in Wiesbaden stattfinden würde. Dabei stellte Canny fest, dass sich Vivien tatsächlich sehr über die Geburtstagsfeier, die ihr Canny als Geschenk organisiert hatte, gefreut hatte.

Einen Monat später, am 26., stand auch Cannys Geburtstag vor der Tür und Vivien zerbrach sich auch ihren Kopf, um sich für

Canny etwas Besonderes einfallen zu lassen. Canny wollte eigentlich seinen Geburtstag nicht feiern, sodass Vivien ihn überreden musste, zumindest etwas trinken zu gehen, und das nur mit seinen Jungs, wobei Canny merkte, dass sie sich noch mehr vorgenommen hatte.

9

Vivien

Vivien und Canny schwelgten im Glück. Sie zogen zusammen und eines Tages überraschte Vivien Canny mit der Nachricht, dass sie ein Kind erwarte.
Als das Kind zur Welt kam, war das Glück von Canny vollkommen.
Mit der Zeit zog der Alltag in ihr Heim ein mit all seinen Problemen des Verzichtens, der unruhigen Nächte, die ein Kind mit sich brachte und die das Ende eines Junggesellenlebens bedeuteten. Eines Tages erhielt Canny einen Anruf, als er sich gerade mit seinen Freunden traf. „Ey, Jungs, seid mal leise," bat er seine Freunde, „auf meinem Handy habe ich einen unbekannten Anrufer." „Ja, wer ist da?", fragte er. „Ich bin`s, Lisa." „Was ist los, Lisa?", fragte er, „Canny, ich erkläre dir alles später", antwortete Lisa aufgeregt, „Jasmin weint", und sie bat: "Komm bitte schnell und bring bitte den Marco mit. Es gibt Stress." „Wie, Jasmin, von was für ei-

nem Stress sprichst du?", fragte Canny zurück, „und wo bist du denn gerade?" „Komm bitte schnell zum Club Gibson", bat sie. „Okay, bin schon auf dem Weg und in circa 20 Minuten bei dir." „Gut", meinte Lisa und bat noch: „Gib Gas!"
Danach wendete sich Canny seinen Freunden zu, die neugierig das Telefonat verfolgt hatten, und verkündete: „Jungs, zieht euch an. Es gibt Stress." „Was für Stress?", fragte Schoko, als das Telefon von Canny erneut klingelte und Jasmin sagte: „Kommt doch nicht her. Hier ist es voll mit Polizei!" Darauf erwiderte Canny: „Mir egal. Sind in Kürze bei euch", und an seine Freunde gewandt: „Lisa hat angerufen und gesagt, dass sie vor dem Gibson Stress haben."
Darauf erhoben sich alle Freunde sofort und Schoko befahl: „Los geht's, und mit Vollgas von Darmstadt Richtung Frankfurt!" Beim Lokal „Gibson" angelangt, sprangen die Freunde aus dem Wagen und Canny fragte Jasmin, die ihm als Erste über den Weg lief: „Was ist passiert? Wer war das? Warum schreien denn alle?" „Nix, nix ...", versuchte Jasmin Canny zu beruhigen, wobei Lisa, die neben Jasmin stand, erklärte: „Wir haben uns vor

dem Club mit ein paar Mädels gestritten. Dabei haben sich nach einer Weile ihre Stecher eingemischt und Syneb gegen den Kopf getreten und Jasmin gegen den Arm."
Darauf drehte Canny sich zu Hassan um und befahl ihm: „Hassan, bring die Mädels zum Auto. Ich werde mich einmal erkundigen, was hier los war." „David, was ist hier passiert? Wer war das?", fragte Canny den Türsteher. „Die haben hier rumgeschrien", berichtete der, „das war so ein Stammkunde." „Wie sah der aus?", fragte Canny. „Das war so ein Schwarzer, circa einen Meter neunzig groß, und er besaß so glatte Haare." „Warum hast du nix unternommen?", fragte Canny erbost, „du weißt doch, dass die zu mir gehören und dass eine davon die Schwester von Marco ist?" „Äh", stotterte David verlegen. „Was, äh?", äffte Canny den Türsteher nach: „Egal. Jedenfalls weiß ich, wer das war. Danke! Das ist Amadu", stellte er fest und fragte: „Kennst du diesen Schwarzen Amadu, David?" „Amadu?", fragte David erstaunt, „meinst du diesen Fußballer?" „Ja, genau", bestätigte Canny und wollte wissen: „Hast du seine Telefonnummer?" „Amadu, sagst du? Nein, Mann, der chillt

doch mit Haben und so. Was hat er denn noch angestellt?", wollte der Türsteher wissen. „Der hat Scheiße gebaut. Hast du zumindest die Nummer von Haben?", wollte Canny wissen. „Nein Mann, sorry." „Das kannst du mir nicht erzählen", behauptete Canny etwas aufgebracht, „du chillst doch mit denen und dann willst du mir sagen, dass du ihre Nummer nicht hast?" „Mann, dann guck doch in mein Handy." „Egal, scheiß drauf", sagte Canny. Auf einmal stolperte Amadu aus dem Lokal und Canny, erstaunt, bat diesen: „Amadu, komm mal kurz mit." „Ja?", fragte der, anscheinend nichts ahnend. „Was war vorhin hier vor der Tür los?", wollte Canny wissen. „Ach, nix Besonderes", antwortete der kurz angebunden, „da waren so drei Mädels, die haben sich gestritten." „Okay, und was hast du gemacht?" „Da war so ein kleines Mädel vom Kickboxen dabei, die Schwester von der, na, du weißt ja, wer, die hab ich geschubst."

Nach dieser Erklärung verlor Canny die Geduld und gab Amadu einen Kinnhaken, sodass der zu Boden ging und Canny schaute, dass er anschließend fortkam, wobei er beim Fortlaufen drei Bullenwagen sah, die die Szene beobachteten. Die

drei Bullenwagen, nicht faul, nahmen die Verfolgung von Canny auf, der Richtung Hauptwache lief. Mit der Zeit konnte er die Wagen nicht mehr sehen, sie schienen Canny verloren zu haben, der sich inzwischen unter einer Bank versteckt hatte. Von dieser Position aus beobachtete er anschließend die Polizeiwagen, die sich unschlüssig der Hauptwache näherten.
Zusätzlich erblickte er einen seiner Freunde, der ihm aus einem Auto heraus zuwinkte, sodass er die Gelegenheit ergriff und sich schnell in Richtung Auto begab.
Irgendwann kehrte die Polizei ins Lokal zurück, wo sie auf Jasmin, Lisa und Syneb trafen. „Wo ist der Junge mit dem weißen Poloshirt?", fragten die Bullen die Mädchen. „Wer? Was meinen Sie?", taten diese ahnungslos. „Vorhin war doch ein junger Mann mit weißem Poloshirt bei Ihnen", stellten die Bullen fest, „als wir Ihre Daten aufgenommen haben?" In der Zwischenzeit war auch der Wagen mit Canny beim Lokal eingetroffen, der sich, als er die Polizei im Lokal sichtete, unter einem Auto versteckte, wobei bei diesem Versteck sein halber Körper nicht bedeckt wurde. Mit der Zeit fingen die Polizisten an, die Gegend abzusuchen, liefen zwar

auch in die Richtung des Autos, unter dem Canny sich versteckt hatte, schauten auch unter einige Wagen, jedoch nicht unter den, unter dem Canny lag. Als Amadu noch einmal zu der Gruppe stieß, beobachtete Canny das Geschehen von seinem Platz aus, bis sich die Gruppe auflöste und Canny sich nach Hause aufmachte.

10

Die Ehre

Umgezogen machte sich Canny auf den Weg zu einer Shisha-Bar, wo er hoffte David finden zu können. Dort angelangt konnte er ihn nirgendwo sehen, sodass er den Besitzer der Bar fragte, ob er einen Jungen namens David gesehen habe, und er beschrieb ihn dabei. Khalid, der Barbesitzer, erkannte diesen nach Cannys Beschreibung und meinte, dass er vor knapp 30 Minuten noch hier gewesen sei. So zog Canny weiter zum Frankfurter Hauptbahnhof, wo seine Freunde bereits auf ihn warteten. Von dort aus ging es dann zurück nach Darmstadt.
Nachdem die Suche nach David erfolglos geblieben war, fand Canny nachts keine Ruhe. Er fühlte sich in seiner Ehre so verletzt, dass es ihm den Schlaf raubte. Am nächsten Tag versuchte er über seine Kontakte weiter nach David zu suchen. Von dort erhielt er auch den Tipp, dass sich David oft in der Diskothek Adlib auf-

halte, sodass er einen seiner Freunde bat, ob er in dieser Discothek David auftreiben könne. Eine halbe Stunde später rief ihn sein Freund auch tatsächlich an und bestätigte ihm, dass seine Vermutung richtig sei. David halte sich in der Bar Adlib auf.
Canny trommelte voller Zorn seine Jungs zusammen und machte sich Richtung Frankfurt auf. Zwanzig Minuten später, vor dem Lokal angelangt, bat Canny einen aus der Gruppe, er solle ins Adlib gehen und David ausrichten, dass er, Canny, ihn auf der Straße erwarte, um mit ihm zu reden. In dieser Zeit, als Canny und seine Jungs auf Davids Erscheinen warteten, tauchte plötzlich Amadu in Begleitung eines anderen Jungen auf, wobei die Geschichte mit Amadu für Canny bereits erledigt war und ihn nicht mehr interessierte. Amadu blieb vor Canny stehen und fragte: „Was war denn das vorgestern?" „Du hast Scheiße gebaut und mich angelogen", antwortete ihm Canny. „Die Sache mit dir ist für mich eigentlich geklärt, oder hast du noch was anderes zu klären?" „Warum hast du mich geschlagen?", fragte Amadu, „ich dachte, wir sind Freunde. Wir kennen uns seit zehn Jahren." „Amadu, ist ja alles schön und gut", antwortete ihm Canny,

„und du weißt, dass ich dich respektiere, aber diese Frau, die du geschubst hast, ist meine Ehre." „Woher sollte ich denn das wissen?", fragte Amadu und zog ein Messer aus der Tasche. Darauf schnappte sich einer von Cannys Jungs Amadus Freund, Amadu lief fort und Cannys Freunde nahmen die Verfolgung auf. „Jungs, ich will keinen Stress", stellte der festgenommene Freund an Canny gewandt fest und bat: „Lasst mich bitte in Ruhe."

Derweil rannte Amadu so schnell, dass die Jungen von Canny ihn nicht einholen konnten. Als dann noch ein Taxi neben Amadu hielt, in das er einstieg, mussten die Jungs von Canny die Verfolgung aufgeben. Damit erschienen die Verfolger unverrichteter Dinge wieder vor dem Adlib, wo Canny noch immer auf David wartete. Des Wartens müde schrieb Canny seinem Freund, der David aus dem Lokal holen sollte, wo er denn mit David bliebe.

Als Canny müde vom langen Warten ins Lokal ging, schien der Freund David gewarnt zu haben, denn dieser war nirgends zu finden. David schien das Lokal über den Hintereingang verlassen zu haben, daher erschien der Freund ohne David vor

dem Eingang des Adlib und ging sofort zu den Türstehern, die er aufstachelte, indem er ihnen mitteilte: „Einer von den Jungs auf der anderen Straßenseite will meinen Freund David schlagen."
Darauf gingen die beiden Türsteher über die Straße und fragten Canny, höflich, da man sich kannte: „Hallo, servus, Jungs. Was ist denn hier los?" „Hallo", antwortete Canny, „ich hab da mit jemanden noch was zu klären." „Ja, aber nicht hier", bat einer der Türsteher, „hier sind überall Polizisten." „Mir egal," antwortete Canny, „es geht um meine Ehre und um die Schwester eines guten Freundes." „Ich kann dich gut verstehen", antwortete der Türsteher und bat Canny noch einmal: „Aber nicht so und nicht hier, denn hier verdiene ich mein Brot. Also sei schlau und nicht dumm und trage deine Auseinandersetzungen nicht vor der Polizei aus." Damit verabschiedeten sich die beiden Türsteher und begaben sich wieder auf ihre Posten vor das Lokal. „Ich bin nicht umsonst hierhergefahren", grollte Canny hinter ihnen her.
Inzwischen war es fünf Uhr morgens und die Gäste verließen langsam den Club Adlib. David war nicht unter den herauskommenden Gästen, sodass Canny be-

stätigt bekam, dass David den Club durch die Hintertür verlassen haben musste und Canny noch wütender auf David wurde. Er fühlte sich verarscht. Nachdem sie hier nichts mehr ausrichten konnten, lud er seine Jungs zum Essen ein und ging danach nach Hause.

Einen Tag später erhielt Canny eine Nachricht von einem älteren Freund aus Frankfurt. „Was geht, Maschine. Alles fit?", fragte ihn Johnmark. „Ja. Und bei dir?", fragte Canny zurück. „Ich weiß, warum du mir schreibst", schrieb Canny zurück, „ich bin im Recht und kann seit Tagen nicht mehr schlafen."

Darauf Johnmark: „Ich weiß, mein Freund. Ich verstehe dich und kenne dich und weiß, dass du ein guter Junge bist. Ich war nur geschockt, als ich deinen Namen hörte." „Okay, und was willst du jetzt von mir?", fragte Canny, „haben die dich geschickt? Ich muss auf jeden Fall die Sache klären, so dass ich meinen Frieden wiederfinde." „Maschine, ich verstehe dich ja und kann das total nachvollziehen. Ich habe denen auch gesagt, dass das Scheiße war, was sie da gemacht haben und hab denen auch eine Ohrfeige gegeben." „Johnmark", bat Canny, „bitte bring

David einfach zu mir nach Darmstadt. Da ich in den letzten vier Tagen dreimal in Frankfurt war, wo ich David gesucht habe." „Ich weiß", antwortete Johnmark, „ich habe das alles gehört, Maschine. Lass uns das alles in Ruhe klären", bat Johnmark und setzte noch hinzu: „Du weißt, ich respektiere dich." „Sag mir einfach, wenn du bei ihm bist", bat Canny, „ich komme dann hoch zu dir, okay?" „Okay, mein Freund," wurde Canny beschieden, mit der Bitte: „Bleib stabil." „Danke. Du auch. Bis bald."

Nachdem sich Johnmark nach diesem Telefonat nicht mehr meldete, beschloss Canny sich selber um die Sache zu kümmern, da er diese ganze Angelegenheit nicht auf sich beruhen lassen konnte. Einen Tag später rief er daher einen Freund in einem Café an und bat den um Davids Telefonnummer sowie um die Nummer eines Fußballkollegen von David. Fünf Minuten später hatte er alles, was er brauchte. Auf seinem Handy schrieb er daher an David: „Servus, hier ist Canny." „Servus", antwortete David prompt, „ich wollte mich seit Tagen bei dir melden." „Du weißt, um was es geht?", fragte Canny. „Wann hast du Zeit? Ich muss dich treffen." „Ja, ich weiß. Ich hab Scheiße gebaut. Aber lass mich dir meine Seite der Geschichte erzählen." „Okay, kein Problem. Wann hast du Zeit?" „Heute?", fragte David kleinlaut. „Ja", bestätigte Canny, „wann?" „So um 17 Uhr?" „Okay, passt. Und wo?" „Lass uns an der Konstablerwache treffen." „Okay", bestätigte Canny die Verabredung.

Um sechzehn Uhr dreißig machte sich also Canny in Richtung Frankfurt auf, wo er fünf Minuten vor siebzehn Uhr eintraf. Von David war da noch keine Spur.

So schrieb er auf seinem Handy an David: „Wo bist du? Ich stehe hier an der Konstablerwache und kann dich nicht sehen." „In der Shisha-Bar", schrieb David zurück. „Okay", antwortete Canny, „bin in zwei Minuten da."

In der Shisha-Bar angekommen sah er David an der Bar stehen, den er seit Tagen suchte. Canny ging zu ihm und befahl ihm: „Komm raus, David." „Bruder", stammelte David draußen, kam jedoch nicht weiter, denn Canny gab ihm eine Ohrfeige, dass er zu Boden fiel und wie ein kleines Mädel schrie, wobei er aufstand und zurück in den Laden lief. Canny lief hinterher und befahl: „Komm raus." Daraufhin stellte der Ladenbesitzer sich vor David

und fragte, an Canny gewandt: „Was soll das?", und bla, bla, bla. „Das geht dich nix an", antwortete Canny, „also halt dich da raus!" „Aber das ist mein Laden", stellte der Ladenbesitzer fest, „und so was darf bei mir nicht vorkommen." „Ich weiß, wer du bist", antwortete Canny, „deswegen hab ich ihn ja auch rausgerufen, weil das dein Laden ist und ich keinem ins Brot spucke."
Darauf meldete sich David: „Walhallah, Bruder. Ich wollte nur erklären."
Canny antwortete: „Ich will nicht reden."
„Bitte, bitte, lass mich es dir erklären."
Darauf meldete sich ein Freund von Canny und riet ihm: „Red mit dem um die Ecke und hau dem dann die Zähne raus!" „Auf, komm, wir reden", schlug daher Canny vor. „Nein", winselte David, „du willst mich nur schlagen. Bitte lass mich es dir erklären." „Allealle. Ich will nicht reden." „Scheiß auf den", mischte sich wieder der Freund ein und riet Canny: „Geh also mit dem ins Lokal und rede mit dem einfach kurz." „Okay", nahm Canny den Vorschlag seines Freundes an, „auf. Also, wir reden."
„Bruder, ich kann dich voll verstehen", fing David an zu sprechen, „aber es war nicht so, wie man es dir erzählt hat. Die Mäd-

chen haben mich sieben- bis neunmal angespuckt, bis ich aus einem Reflex nach ihnen getreten habe." „Warum mischst du dich denn überhaupt ein? Die Mädels haben sich doch nur untereinander gestritten. Was hast du denn damit zu tun? Und dann noch treten. Hättest die auch einfach wegschubsen können. Das sind doch Mädels." „Ja, du hast ja recht. Aber was würdest du machen, wenn dich zwei, drei Mädels sieben- bis neunmal anspucken würden?" „Ich würde es gar nicht so weit kommen lassen!", behauptete Canny. „Okay", stellte David daher fest, „ist die Sache damit jetzt geklärt?" „Ja", antwortete Canny, „für mich schon. Die Mädels sind jedoch im Urlaub. Wenn sie zurück sind, rede ich noch mal mit ihnen.

Außerdem wäre es besser, wenn alle Beteiligten sich an einem Tisch setzen würden, um die Sache zu klären." „Okay", willigte David ein, „sag denen auch, dass ich bereit bin, mich bei ihnen zu entschuldigen." „Gut. Bis bald", verabschiedete sich Canny damit.

11

Gefängnis

„Jasmin, ich muss dir jetzt was sagen, aber bitte flipp nicht aus", bat Canny seine Lebensgefährtin. „Ich will es gar nicht hören, wenn du schon so anfängst." „Doch. Musst du", stellte Canny fest, „es ist wichtig. Ich muss vielleicht reingehen!" „Wo reingehen?" „In den Knast." „Waaas?", schrie Vivien. „Was hast du wieder angestellt?", fragte sie aufgebracht, „wofür und wie kann das sein?" „Ja", stotterte Canny, „es ist ein wenig kompliziert. Also, es ist irgendwie Scheiße gelaufen." „Mann, hey, Canny, verdammt, erzähl mir jetzt sofort, was los ist, was ist passiert?", befahl Vivien. „Wo soll ich anfangen?", antwortete Canny bedrückt. „Ach egal, ich klär das schon," drückte sich Canny verlegen vor der Beichte und stand von seinem Küchenstuhl auf, um zu gehen. „Ja, dann musst du dich darum kümmern", antwortete Vivien verbittert und gab ihm den Tipp: „Wenn es wichtig ist, sag das deinem Anwalt. Der soll das klären, damit du wenigstens in den offenen Vollzug kommst. Auch wegen deiner Ausbildung. Was soll denn deine Mutter denken? Hast du überhaupt einmal daran gedacht?" „Ach, du verstehst das nicht, Mann", behauptete Canny bockig und verschwand aus ihrer gemeinsamen Wohnung.

Ein paar Tage später wurde er in Begleitung seiner Freunde zur Haftanstalt gebracht, wo er für ein Jahr seine Strafe absitzen musste. „Ich kack da drinnen ab", bemerkte Canny düster auf dem Weg zum Gefängnis. „Ach was, Mann. Die Jungs da drinnen sind stabil", bemerkte sein Freund Kimo. „Sergy, Raschid und Fabah sind doch auch da drinnen. Pump mit und mach dir keinen Kopf, Mann!" „Leichter gesagt als getan." „Ach was, Mann. Das heißt leichter getan als gesagt", tröstete ihn sein Freund. „Bruder", gab ihm Samuel den Rat, „schick direkt einen Besucherschein." „Ja, Mann", versuchte auch Benini seinen Freund aufzuheitern, „wir bringen dir auch Sachen rein." „Dann geht's dir dick gut", behauptete Samuel. „Ey, Bruder", gab Benini seinem Freund Canny den guten Rat, „lass dich nicht verarschen. Wenn jemand mit dir Karten spielen will, schick ihn direkt weg." „Ja,

Mann", mischte sich auch Anton ein, „wenn du einmal anfängst zu spielen, hast du nix mehr zum Einkaufen." „Bruder", schlug Samuel vor, „gib dir Samstag um 23.00 Uhr den Sport und einen Baba-Film." Darauf fingen alle an zu lachen. „Bruder, egal was ist, egal was du brauchst. Sag einfach Bescheid. Wir sind immer für dich da", versprach Anton. „Bruder, du bist der Wahre für diese Aktion", pflichtete ihm Benni bei. „Du bist der Loyalste, den ich kenne, Canny", meinte auch Samuel.

Ein paar Wochen später fragte Canny die Sozialarbeiterin in der Justizanstalt, die seine Gruppe betreute: „Hier, Frau Schulze, ich habe endlich mal wieder Post bekommen? Meine Freundin schreibt komischerweise nicht mehr. Kann es sein, dass es grad einen Streik gibt oder meine Brief bei ihr nicht angekommen sind?", fragte Canny verzweifelt. „Es tut mir leid, Canny, von Ihrer Freundin habe ich leider keine Post für Sie und die Post streikt auch nicht. Die Post kommt zu 100 % bei Ihrer Freundin an, weil Ihre Freundin die Besuchererlaubnis unterschrieben wieder hergeschickt hat. Dafür haben Sie aber morgen Besuch", antwortete ihm Frau Schmidt. „Was?", fragte Canny erstaunt und wollte wissen: „Von wem denn?" „Ihre Mutter kommt." „Was will die denn hier?", fragte Canny erstaunt. „Wahrscheinlich will sie Sie sehen", antwortete Frau Schmidt freundlich.

Am Nachmittag des nächsten Tages wurde Canny in den Besucherraum gebracht, wo seine Mutter auf ihn wartete. Es war ihm unangenehm, dass ihn seine Mutter in dieser Situation sah, daher fragte er nach der Begrüßung gleich: „Was willst du hier, Mama Marey?" „Ich hatte Hunger, mein Sohn. Jetzt hab ich dich gesehen und bin satt", antwortete die Mutter. „Wenn es sein muss, Mama. Ich möchte aber nicht, dass du mich so siehst!", bat Canny bedrückt und beschämt. „Bist du jetzt glücklich hier?", fragte die Mutter weiter, „hast du dein Ziel erreicht? Deine Ehre und deinen Ruf würdevoll verteidigt?" „Äh", bekam Canny nur beschämt heraus. „Du bist still, mein Sohn. Du hast deine Familie im Stich gelassen wegen deiner Ehre und deinen ‚Freunden'! Wo sind deine Freunde und deine Freundin jetzt?", fragte die Mutter ihren Sohn. Sie saß in ihrer Heimattracht vor ihm, in einem langen Gewand zum

Schutz gegen die Sonne, die es in Deutschland nicht gab, und da die Mutter der deutschen Sprache nicht mächtig war, verlief das Gespräch in ihrer arabischen Landessprache. Auf diese Frage der Mutter konnte Canny wieder nur mit einem verlegenen „Äh" antworten. „Nein", bat die Mutter ihren jüngsten leiblichen Sohn, „jetzt nicht! Weißt du eigentlich, dass die da draußen keinen Gedanken an dich verschwenden? Jetzt haben sie dich im Stich gelassen, so wie du uns im Stich gelassen hast. Jetzt sitzt du hier und hast deine kleinen Geschwister im Stich gelassen. Alle Familienmitglieder, deine Schwestern, Brüder, Neffen und Nichten sind alle hier in Frankfurt und wir feiern zusammen Weihnachten, so wie auch das neue Jahr, ohne dich. Traurig! Was soll ich nur deinen kleinen Geschwistern sagen, wo ihr toller große Bruder ist?" Dabei weinte die Mutter. „Mama, bitte beruhige dich. Bitte weine nicht!", bat Canny voller Scham. „Ich möchte einen Sohn, der für seine Familie und seine Geschwister da ist", schluchzte die Mutter, „der seinen kleinen Geschwistern ein Vorbild sein kann. Was willst du mit diesem Weg erreichen? Frauen beeindrucken, oder Geld?

Diese Frauen, die du damit beeindrucken kannst, deren IQ kann man nicht mal messen. Mich beeindruckst du damit nicht, wenn du meinst, du musst deine Ehre verteidigen, indem du ins Gefängnis für einen anderen gehst. Eher im Gegenteil", sagte die Mutter leise und man hörte ihr ihre Enttäuschung an. Sie behauptete: „Geld ist nicht alles, mein Sohn. Ich weiß inzwischen nicht mal mehr, was ich bei dir falsch gemacht hab. Denn Familie hat was mit Zusammenhalt, Achtung und Verlässlichkeit zu tun. Ich dachte, wir wären eine Familie. Denn auf seine Familie kann man sich immer verlassen und über alles reden. Weißt du, was ich nicht verstehe? Warum bist du immer für deine angeblichen Freunde und deine Freundinnen da, aber für uns nicht? Wir sind immer da, in guten wie in schlechten Zeiten."

12

Erinnerung

Nach dem Besuch der Mutter, deren Worte und deren Leid ihm unter die Haut gefahren waren, kam Canny ins Grübeln.
Es war Sonntag, da ging es nicht zum Arbeiten und auch die Freizeit musste man an diesen Tagen oft in der Zelle verbringen, wenn nicht genug Aufsichtspersonal vorhanden war.
Ein lauer Frühlingstag ließ das Gezwitscher der Vögel ungehindert durch sein offenes Zellenfenster dringen. Er lag auf dem Bett, seine Arme hinter dem Kopf verschränkt, und ließ seine Gedanken laufen.
Bis zu seiner Inhaftierung hatte er viel Zeit mit Vivien verbracht. Er hatte immer gewusst, wie er sie aufmuntern konnte.
An einem Mittwoch wurde er inhaftiert und noch am Montag hatte er mit seiner Freundin den Abend in einer Cocktailbar verbracht, wo sie einige Drinks probiert hatten. Am nächsten Tag, es war ein

Dienstag gewesen, hatten sie eine Shisha-Bar besucht und dabei eine Shisha geraucht, anschließend hatten beide sich in einen Club begeben, wo einige Freunde von Canny arbeiteten. Am nächsten Tag hatten sie was essen gehen wollen und anschließend ins Kino, was nicht geklappt hatte, denn Canny hatte die Nachricht erhalten, sich im Knast zu melden, wie bereits mitgeteilt, was er bis auf die letzte Minute zu ignorieren versucht hatte.

Und was jetzt kam, dachte Canny grimmig, zog ihm den Boden unter den Füßen fort.

Bevor er inhaftiert wurde, rief er Vivien an und bat sie, ob sie sich in der Zeit der Inhaftierung um seine Wohnung kümmern könne. Zusätzlich teilte er ihr mit, wo sie Geld in seiner Wohnung finden könne, um diese weiter bezahlen zu können. Zusätzlich solle sie bitte seiner Mutter nix von seiner Inhaftierung erzählen, nur seiner Schwester und da Canny am 12.10. noch eine Verhandlung habe, solle sie ihm noch ein weißes Hemd und eine schwarze Hose zur Verhandlung bringen. Als er keine Antwort auf seinen Brief erhielt, schrieb er ihr noch einmal, in der Gewissheit, dass sie diesen nicht erhalten hatte. Aber auch auf dieses Schreiben erhielt er keine Antwort. So sagte er sich, dass er sie bestimmt bei seiner Verhandlung am 12.10. sehen würde, wo sie ihm erklären könne, was los sei. Aber sie kam nicht zur Verhandlung, sodass er ihr das letzte Schreiben zukommen ließ, mit einem einzigen Wort: „Danke".

Dieses Verhalten seiner Freundin konnte er sich nicht erklären und versuchte sich zu beruhigen, indem er sich einredete, dass sie bestimmt so lange wartete, bis sie ihn bei seinem Geburtstag überraschen würde, der auf dem 26.10. lag. Der Geburtstag kam und er wartete.

Als dann am 27. 10. noch immer nix kam, war für ihn klar, dass da was faul war. Sein Bauchgefühl sollte ihn nicht täuschen. So rief er Vivien aus dem Gefängnis heraus an und fragte was los sei.

Sie antwortete: „Es ist etwas passiert."

Da zählte Canny eins und eins zusammen, da er seine Vivien genau kannte, und so fragte er sie: „Hat das was mit einem Anderen zu tun?" „Ja", antwortete sie. „Wie kann das sein?", fragte er verbittert zurück, „ich bin grad mal einen Monat drin." „Ja, ich weiß", bestätigte sie, „wir haben uns geschrieben und was unternommen", darauf legte Canny den Hörer auf. Was sollte er mit so einer Ansage anfangen? Aufgebracht stürmte er in seine Zelle. Nach fünf Minuten trieb es ihn wieder zum Telefon. „Um wen handelt es sich?", fragte er Vivien. „Der will es dir selber sagen", wurde Canny beschieden. „Dann kenne ich ihn", stellte er fest. „Okay, sag mir seinen Namen oder noch besser, warum willst du mir nicht sagen, wer es ist?" „Ich hab es ihm versprochen. Es ist eine Person, die du vor einem oder zwei Monaten kennen gelernt hast", stellte sie fest und legte auf. Vor Zorn rief er noch einmal an und sagte: „Sag doch, um wen es sich handelt. Oder sag einfach nein oder ja, wenn ich einen Namen nenne. Ich kriege es mit der Zeit doch heraus", behauptete Canny und fragte sie: „Ist es einer, der mir nahesteht?" „Ja", antwortete sie. In Cannys Magen drehte sich alles um.

„Wer kann mir in meiner Situation so was antun?", fragte sich Canny verzweifelt. Und auch noch einer, der ihm anscheinend nahestand. Er konnte es nicht fassen.

Die nächsten fünf Tage verweigerte ihm

sein Magen die Nahrungsaufnahme, denn jeder aus Darmstadt oder in seinen Kreisen wusste, dass dieses Mädel zu ihm gehörte und einer, der ihm nahestand, konnte doch nicht so was abziehen und noch in dieser Zeit, wo Canny für einen anderen ins Gefängnis gegangen war.

Er zerbrach sich den Kopf, wer es sein könnte, was ihn Tag und Nacht beschäftigte. So rief er sie am nächsten Tag wieder an, um seine Ruhe zu finden. „Ich möchte es dir persönlich sagen", versprach sie. „Daher möchte ich dich morgen besuchen kommen." Canny wollte das nicht. Nach zwei Monaten Haft, wo sie ihm in dieser Zeit noch nicht einmal einen Brief geschrieben hatte. Er fing an sich zu fragen: „Bin ich ihr keine zehn Minuten für einen Brief wert oder 62 Cent für eine Briefmarke?" Trotzdem überredete Vivien Canny, dass sie kommen dürfe, und so kam man überein, dass sie am 18.11. kommen solle.

Eigentlich war Canny nur auf ihren Besuch eingegangen, um herauszufinden, wer ihm das in dieser Zeit angetan hatte. Canny kannte ein paar Jungs, die ihm nahestanden, denen er so etwas aber nicht zutraute. Zwei oder drei Verdächtige blieben jedoch übrig.

Als der Besuchstag kam, umarmte er Vivien zur Begrüßung. Bei dem Gespräch, das dann folgte, fragte er sie um ein paar Ecken herum, ob sie ihm nun sagen könne, wer ihm das angetan habe, wobei er merkte, dass sie ihn anlog. So versuchte Canny auf eine andere Art eine Antwort zu erhalten, indem er fragte: „Wie bist du eigentlich hergekommen?" „Eine Freundin von meinem Bruder hat mich hergefahren", antwortete sie und da merkte Canny, dass sie ihn anlog, sodass er antwortete: „Entschuldige, was ich jetzt mache. Ich will mit dir nix mehr zu tun haben. Ich werde diese Entscheidung irgendwann bereuen, aber anscheinend soll es so sein", danach stand er auf und bat den Aufseher, ihn in seine Zelle zu bringen. Der Besuch hatte nicht länger als zehn Minuten gedauert.

Canny war jedoch ein Fuchs, denn bevor er zu dem Besuch seiner Freundin aufgebrochen war, hatte er einen Mithäftling gebeten, ob er seine Familie fragen könne, wer dieses Mädel, das Canny gerade besuche, gebracht habe und nun draußen auf sie wartete und wenn es ein Junge sei, ob er weiß oder dunkelhäutig sei. Nach dem Besuch fragte er also seinen

Mithäftling, ob er das alles habe herausfinden können. „Das war ein Junge mit einer dunklen Hautfarbe", erhielt er die Bestätigung.

Mit diesem Jungen war Canny früher Tag und Nacht unterwegs gewesen. Er hatte mit ihm aus einem Teller gegessen und mit ihm in einem Bett geschlafen und seine Unterhose mit ihm geteilt.

Es gibt ein Sprichwort, kam Canny in den Sinn: **„Aus den Augen, aus dem Sinn"**. Das traf auch auf Cannys Freunde zu. Nicht nur auf seine Freunde, sondern auch auf die Personen, die für ihn so wichtig waren. Er hatte gedacht, dass sie auch für ihn da sein würden, so wie er für sie immer da war. Traurig, aber wahr, dachte er und die Enttäuschung schien ihn älter werden zu lassen.

Diese seine vermeintlichen Freunde hatten sich doch unbedingt bei ihm melden und ihm in der Haft helfen wollen, doch sie schienen es immer verschoben zu haben und irgendwann hatten sie ihn vergessen. Anscheinend war er ihnen egal. Scheiß-Freunde, stellte er fest. Genauer gesagt, richtige Arschlöcher waren es.

Es gab kaum wahre Freunde, stellte er fest, die einem im Leben über dem Weg liefen, sondern nur sogenannte **Zweckbeziehungen**. Er kam zu dem Schluss, wie seine Mutter gesagt hatte, dass das wichtigste im Leben die Familie sei, und „wenn du das nicht hast, dann bist du verloren".

13
Die Haft

Nach der Vernehmung auf dem Revier kamen alle Beteiligten frei, bis auf Canny, da der Cafébesitzer der Polizei mitteilte, das Canny ihn verprügelt habe. So wurde Canny nicht nur wegen der Prügelei verhaftet, sondern auch, weil er im Verdacht des Raubes stand. Und da erst erfuhr Canny, dass Christian ihn reingelegt hatte. Obwohl der Staatsanwalt ihm einen Deal von vier Wochen Arrest für die Körperverletzung anbot, wenn er eine wahrheitsgemäße Aussage für den Raub abgebe, lehnte Canny den Deal ab und nahm die ganze Schuld auf sich, obwohl ihn Christian so reingelegt hatte. So ging Canny in Haft, wo es ihm entsprechend gut ging. Er

bekam dort alles, was er brauchte, außer natürlich seiner Freiheit, wenn man es so sagen konnte, denn auch dort wusste er immer, wie er klarkam. Er wurde auch dort von allen gemocht und respektiert, denn mit ihm konnte man über alles reden. Sportlich, wie Canny war, machte es ihm nichts aus, ob er gewann oder verlor, das machte ihn für andere sympathisch. Der Ehrgeiz, der Beste zu sein wie in seinen früheren Jahren, schien ihn verlassen zu haben. Er wusste, was er konnte und wohin er gehörte, daher war es ihm scheißegal, was andere über ihn dachten oder sagten. Zusätzlich hielt er immer zu den Schwächeren.
Damit erhielt er von den Mithäftlingen den Titel eines „Friedensrichters". Damit wurde Canny auch immer von den Mithäftlingen gerufen, wenn es irgendwo Stress gab. Dort versuchte er zu vermitteln und die Situationen nicht eskalierten zu lassen; „wir sitzen doch alle im selben Boot", sagte er immer zu den Streitenden. Zudem war Canny ein Geschäftsmann, der das Handeln liebte. Da Canny bei seiner Inhaftierung unter 22 Jahre alt war, kam er in eine Jugendhaftanstalt, in der die Jugendlichen zwischen 18 und 22 Jahren unter-

gebracht wurden. Hier legte man mehr Wert auf eine Resozialisierung als auf die Strafe.
In dieser Strafanstalt wurden die Jugendlichen zu acht in einer Gruppe zusammengefasst, deren Zellen um einen Aufenthaltsraum angeordnet waren, der als Freizeit, Ess- und Besprechungsort diente und von dem es zum verglasten Büro des Gruppenbetreuers ging. Ärztliche Betreuung, Friseur, Besuche und wöchentliche Einkäufe, von einer Einkaufsliste geordnet, regelten neben einer zusätzlichen Schulbildung sowie einer Berufsausbildung den Alltag der Gefangenen. Und da Canny nicht rauchte und auch keinen Kaffee trank, verschaffte er sich im Gefängnis einen finanziellen Vorteil. Das waren die teuersten Waren beim Einkauf. So kaufte Canny bei jedem Einkauf Tabak und Kaffee und verteilte sie in seinem Haus, sobald jemand ihn fragte. Das Geschäft hieß „eins zu zwei" und in schlechten Zeiten wurde es auch mal teurer. Zu Weihnachten und an Neujahr zum Beispiel und durch die Feiertage, an denen es fünf Wochen keinen Einkauf geben würde, kaufte er bei jedem Einkauf Kaffee und Tabak, da im neuen Jahr Krisenzeiten kommen wür-

den. Canny selbst hatte sich einen reichlichen Vorrat zugelegt, trotzdem langte dieser Vorrat nicht fürs ganze Haus, in dem 60 Häftlinge lebten.

Er besaß 14 Klopfers à 40 Gramm, die er in gleicher Menge aufgeteilt hatte, und als er auch die verteilt hatte, begann auch bei ihm die Krise, vor der er alle gewarnt hatte, als nix mehr da war.

Nachdem Cannys Wort auch im Gefängnis Gewicht besaß, erhielt er vom zweiten Gefängnistrakt zwei Dosen Tabak mit je 170 Gramm und vier Tüten Kaffee à 40 Gramm. Die erste Dose kam an einem Samstag, da der Freund davor eine freie Stunde hatte und die Ware in eine Mülltonne legte, die im Hof stand. Als Canny die Ware in seiner Gruppe anbot, war die Dose schneller leer, als Canny gucken konnte. Also bestellte er am nächsten Tag die gleiche Menge Kaffee und Tabak nach, die genauso schnell wieder aufgebraucht wurde wie am Vortag. Canny fragte sich: „Was machen die Jungs denn mit all dem Tabak? Essen sie das denn das Zeug oder versorgen die das ganze Haus mit meiner Ware?"

Als er am nächsten Tag wieder vier Kaffeetüten erhielt, dachte er: „Das müsste

jetzt eine Woche reichen."
Nach der großen Nachfrage konnte er sich nur durch Schulden die weitere Ware sichern, wobei er es hasste, Schulden zu haben.
Canny verkaufte eine gestopfte Zigarette für 30 Cent. Aus einer Dose konnte man 350 bis 380 Zigaretten stopfen. Ein gutes Geschäft für Knastverhältnisse, dachte sich Canny und meinte, damit sei allen geholfen. Er half den Jungs mit Zigaretten und Kaffee aus und machte dafür ein gutes Geschäft, und da Canny den Tabak besaß, kamen auch alle zu ihm und kauften oder nahmen sich Kippen auf Kombi, und die Leute, die nicht zahlen konnten, bekamen es geschenkt. Als die Krisenzeiten sich dem Ende zuneigten, konnte Canny dem Freund aus dem Nachbarhaus das Geld zurückzahlen.
Er legte noch ein paar Süßigkeiten dazu, weil der Freund ihm einen Gefallen getan hatte und auch als Wertschätzung.
Cannys Motto im Knast war, nur seine Zeit friedlich abzusitzen, da ihm klar war: Wenn er draußen schon keine richtigen Freunde gefunden hatte, wie sollte er denn hier welche finden?

14

Hoffnung

Nach der Haft zog Canny in seine alte Wohnung, die er in seiner Haftzeit weiterbezahlt hatte. Sein verdientes Geld, das er seinerzeit mit Drogen erhalten hatte, hatte gereicht, um die Wohnung in der Haftzeit bezahlen zu können und erlaubte ihm zusätzlich die Zeit nach der Haft zu finanzieren, bevor er Arbeit finden konnte.
Bereits in der Haft hatte sich einer seiner Gefährten von früher bei ihm gemeldet, der einen Verkaufswagen eröffnen wollte, in dem fertiges Essen angeboten werden sollte – und er benötigte jemanden, der diesen Wagen betrieb, da er anderweitig beschäftigt war.
Als Zweites konnte er sich vorstellen, sich auch bei einem der Sicherheitsdienste zu melden, die bei Flüchtlingseinrichtungen eingesetzt wurden, da er in diesem Geschäft bereits Erfahrung hatte sammeln können und zusätzlich die arabische Sprache beherrschte.

Als Erstes wollte er sich jedoch um seine Mutter kümmern. Daher verbrachte er seine ganze Freizeit bei ihr, indem er sie zum Essen einlud, für sie einkaufen ging und ansonsten ihr überall behilflich sein wollte.
„Mein Sohn", bemerkte eines Tages seine Mutter, „ich glaube, Gott hat dich ins Gefängnis gebracht, damit du als neuer Mensch zurückkommst", als er gerade mit seinen kleinen Geschwistern herumtollte.
Auch seine Wohnung konnte er erst nach einer Weile nutzen, da er als Freigänger jeden Abend zurück ins Gefängnis musste.
Seine Freunde, die Zweckgemeinschaften, mied er, bevor er sich neue Freunde suchte. Sein Vertrauen in Freundschaften hatte Schaden genommen, sodass er ernsthafter wurde und zukünftige Freundinnen immer zuerst seiner Mutter vorstellen wollte. Erst bei einem positiven Bescheid von ihr wollte er eine festere Beziehung eingehen.

Knastgeschichten:

1. Buch:
Gefühle sterben nicht, von SakuYa
978-3-7412-1394-6

2. Buch:
Ein roher Diamantvon, von Moi Boy
978-3-7431-5510-7

3. Buch:
Mein Freund der Dschihadist,
von Furkan Kaya
(in Arbeit)